Frank Michael Wiedner

Spurtz der Germling

AF210695

Bibliografische Information Der Deutschen
Bibliothek: Die Deutsche Bibliothek verzeichnet
diese Publikation in der Deutschen
Nationalbibliografie; detaillierte bibliografische
Daten sind im Internet über
< http://dnb.ddb.de > abrufbar

Hinweise des Autors :

Rechtschreibfehler gehören zur persönlichen Note
des Schriftstellers und falls sie in diesem Roman
welche finden sollten, sind sie voll beabsichtigt und
aus gutem Grund in diesem Roman.

Falls Sie dieses Buch für Kinder kaufen sollten.
Da Ihnen das nette Bildchen auf dem Cover gefällt.
Vergessen Sie's!
Ich möchte Ihnen hiermit abraten, denn es enthält
Kraftausdrücke und eine gute Portion blöde Sprüche.
Falls Sie aber doch der Meinung sind, das es Ihrem
Kind nicht schaden kann.
Dann wünsche ich Ihnen viel Spaß, mit den neuen
Sprüchen die Sie nun tagtäglich hören müssen.

Wenn Ihnen dieser Roman gefallen hat, empfehlen
wir Ihnen gerne weiteren spannenden Lesestoff-
Schauen sie einfach auf unsere Webseite:
www. JohnCray.de

Herstellung und Verlag :
Books on Demand GmbH,
Norderstedt

ISBN-13: 9783837053838

Frank Michael Wiedner

Spurtz der Germling

Roman

Inhaltsverzeichnis

8

Wie ich zum Schreiben kam:

Tja, ich bin kein wirklicher Schriftsteller, der sich seit Jahren vornimmt, ich schreibe ein Buch. Auch wenn ich von den „Überfliegern" immer wieder höre: „Mit 6 Jahren war für mich klar, ich schreibe ein Buch, und hab auch schon die erste Kurzgeschichte geschrieben." Also sicher - ich nicht, nicht mit 6 Jahren. Da war ich froh das „ABC" zu kennen. Auch Bildgeschichten waren nicht drin, und wenn, dann nur mit Strichmännchen, die dahingekritzelt waren. Sogar etwas später, also so mit 15 Jahren, war es für mich nicht drin, an so was zu denken. Denn „hallo Pubertät", da hatte ich andere Sorgen - Mädchen, Ausbildung, Mädchen, Pickel - und hab ich schon Mädchen erwähnt? Nun aber langsam fing meine Leidenschaft für Batman und diverse andere Comics an. Bei Micky Maus läßt es sich super in der Badewanne relaxen. Auch Hägar und Calvin & Hobbes waren jetzt meine Helden. Doch Job und alles andere ließ mir keine Zeit für eigene Kreativität. Eine Idee hatte ich plötzlich so mit 26. Warum macht du nicht auch so einen Comic, auf die Art von Hägar usw. Und ich erschuf einen Helden. Er sollte John Cray heißen. Mein Drall ging aber eher zur Fantasy hin - so knapp 23, zu der Zeit hatte ich mein erstes richtiges Buch gelesen. Ihr werdet lachen, es war Harry Potter. Wollte zwar den Wahn am Anfang nicht mitmachen, aber Zeit und Neugier waren nun da. Es ergab eins das andere und schon hatte ich "Herr der Ringe " in der Hand. Aber den Abschuß lieferte Steven Brust, das ist mein echter Lieblingsschriftsteller. Er schrieb Jereg, Taltos und noch ein paar andere. Ich konnte seine Bücher fast an einem Tag verschlingen. Aber nun zurück, ich hatte also eine Idee von einem kurzen Comicstrip. Die erste Figur stand nun fest, aber was dann. Was sollte diese Figur erleben, wie sollte sie aussehen, Fragen über Fragen stellten sich mir nun. Geprägt von Fantasy und Comic machte ich mich auf, eine Mischung zu finden, das schlug aber gewaltig fehl. Als ich so anfing eine Geschichte aufzubauen, die ich dann später zeichnen wollte, schrieb ich nun Seite für Seite, ich konnte einfach nicht mehr aufhören. Nein, es war so schlimm, daß ich mich dabei ertappte in der Mittagspause

Notizen zu machen, wie ich sie Figuren besser ausschmücken könnte. Ich schrieb nur für mich. Erst war es Spaß - nun ist es ein Hobby. An Veröffentlichung war natürlich nie wirklich zu denken, doch es kommt meist anders als man denkt. Warum eigentlich nicht, wißt ihr, was das für ein Gefühl ist, ein Buch, das gebunden ist, in der Hand zu halten und zu sagen, das ist meines, da steckt alle Energie darin. Aber heute ist erst der 26.11.2006. Keine Ahnung, ob es je dazu kommt, im Laden zu stehen. Aber wenn Ihr es in der Hand haltet, hab ich es geschafft, mein zweites Buch.

Vorwort

Ihr fragt euch jetzt sicher, was ist ein Spurtz,
oder erst recht ein Germling?

Tja, die Frage ist eigentlich nicht so leicht
zu beantworten, aber ich versuche es
trotzdem.

Kennt ihr das Monster unter eurem Bett? Ihr
fragt euch sicher, was will er jetzt mit einem
Monster unter unserem Bett?! - Als Kind
hatte ich immer Angst, wenn ich das Licht
ausmache, holt mich das Monster, welches
unter meinem Bett wohnt. Das hat mich
viele schlaflose Nächte gekostet, glaubt mir.

Aber ich denke,
ich sollte von ganz vorne anfangen:

Es begann an meinem sechsten Geburtstag,
als ich nach der Kinderparty, die meine
Eltern für mich schmissen, ins Bett mußte.
Da lag ich nun, in meine Micky Maus-
Bettwäsche gekuschelt, und wieder ein Jahr
älter. Es war ein toller Tag, erst ausschlafen
- ach, ich liebe Samstage - dann Geschenke,
spielen, Kuchen, und noch mehr
Geschenke. In wenigen Minuten müßte
meine Mum kommen, und mir einen
Gutenachtkuß geben. He, da war sie auch
schon. Die Zimmertür öffnete sich, sie kam
herein, küßte mich auf die Stirn, und sagte:
„Gute Nacht mein Schatz!". Dann machte
sie beim Hinausgehen das Licht aus, und
lehnte die Tür an, so daß ein schmaler
Streifen Licht vom Gang hereinschien. Ich
dachte noch so über meine Geschenke nach,
als die Tür von neuem aufging.
   „Mama, hast du was vergessen?" fragte ich.
Doch es kam niemand. Jetzt setzte ich mich
auf. Was ist hier los. Ich schaute mich um,
aber ich sah rein gar nichts. Ich sprang auf,
und schaute, ob das Fenster leicht

14

offenstand, denn ein Luftzug war jetzt die einzigste Erklärung. Doch das Fenster war verriegelt. O.k., jetzt hab ich aber Schiß! Ich bin erst sechs, ich will noch nicht sterben. Also tat ich das einzige, was ich tun konnte. „Mama, Papa!" schrie ich laut. Dann kamen sie auch schon angerannt.
„Was ist?" fragte meine Mutter. Irgendwie war ihr Ton genervt, das interessierte mich aber grad nicht die Bohne. Und ich schilderte beiden was passiert war.
„Du hast nur schlecht geträumt!" sagte meine Mutter, und strich mir durchs Haar. Wie, das ist alles? Das war die einzige Erklärung? Nee, oder. Aber mein Dad, in ihn floß jetzt meine ganze Hoffnung. Ich sah, wie sich seine Lippen bewegten, gleich wird er eine vernünftige Erklärung haben. Dad, der Spezialist, das Genie.
O.k., jetzt kommt's.
„Ach Kind, das war nur das Monster unter deinem Bett!" Dann lachte er, und sie gingen hinaus, und schlossen die Tür. Mit so einem Satz, kann aus einem Genie, sehr schnell ein Trottel werden, glaubt mir. Ein Monster unter meinem Bett, klasse Dad. WIE soll ich je wieder einschlafen können. Nicht nur, daß wir Sechsjährige eine lebhafte Phantasie haben, wir glauben auch

15

noch daran! Mit einem Baseballschläger saß ich nun in meinem Bett, und war, wie kann es anders sein, hellwach. Meine Cartoon-Uhr zeigte 21 Uhr. Dann 21.30, 22.00 Uhr. Aber ich war tapfer, ich saß da, hatte panische Angst, daß ich mich kaum atmen traute, und schaute mich um. Doch langsam merkte ich, wie sich meine Augen immer mehr schlossen. Ich hielt sie mit Gewalt offen, aber es funktionierte nicht. Ein letzter Blick fiel auf meine Uhr, es war gerade 22.45 Uhr. Als ich meine Augen wieder öffnete, war es draußen schon hell, und durch das Fenster konnte ich die Sonne sehen. Als erstes tastete ich meinen ganzen Körper ab, um zu sehen, ob ich noch heil war. Was mich verwunderte, mein Baseballschläger lag auf dem Schreibtisch. Den wird Mum schon dahingeräumt haben, dachte ich nur, und rannte ins Wohnzimmer. Das erste war ein Sprung auf die Couch, und die Glotze an. Es liefen Cartoons, es war gerade erst 8.00 Uhr, und meine Eltern schliefen noch, klar, ist ja Sonntag. Beim Fernsehschauen machte ich mir Gedanken, was ich gestern gesehen hatte, und wenn es in meinem Zimmer war, warum es mir nichts getan hatte. Aber abgelenkt durch die Cartoons, vergaß ich das alles recht schnell, bis auch

16

schon meine Mutter in ihrem Morgenmantel aus dem Schlafzimmer kam, und sich zu mir setzte.

„Na, gut geschlafen?" fragte sie. Ich nickte nur, und dachte mir dabei - klar, schlaf du mal mit einem Monster unter deinem Bett. Doch ich revidierte meine Ansicht, als ich meinen Dad aus dem Zimmer kommen sah. Oh Gott, sie schläft mit einem Monster. Ich knuddelte sie ganz doll, die Arme.

„Mum, hast du meinen Baseballschläger gesehen?"
fragte ich scheinheilig.

„Aber klar!" Ha, dachte ich's mir doch, Monster hihi ...

„Der liegt doch auf dem Boden vor deinem Schrank, da war er jedenfalls gestern Mittag noch!" sagte sie, und ich merkte wie ich blasser wurde. Ich rannte in mein Zimmer, und schaute mich um. Der Schläger lag auf dem Schreibtisch. Ich schmiß mich auf den Boden, und schaute unter mein Bett, doch außer ein paar Socken, Fusseln, einem alten T-Shirt, und ein wenig Spielzeug konnte ich nichts erkennen. Ich schlurfte wieder zurück ins Wohnzimmer, pflanzte mich auf die Couch, und aß eine Schüssel Zuckerschocks, die mir meine Mutter hinstellte. Für alle, die Zuckerschocks nicht kennen - die sind so ähnlich wie Smacks, nur mit viel buntem Zucker drumrum, auf daß einem nach der zweiten Schüssel kotzübel wird. (Mein Rekord liegt bei Fünf!) So vertrödelte ich den ganzen Tag, und am Abend, nachdem meine Mutter das übliche Ritual vollbrachte, mit Küssen und Zudecken, bewaffnete ich mich wieder mit meinem Schläger, und diesmal mit einer Taschenlampe. Ich schaffte es sogar bis 3.00 Uhr fit zu sein, doch dann schlief ich ein. Als ich wieder aufwachte, war ich zugedeckt, und die beiden Sachen, die ich in der Hand gehalten hatte, lagen auf meinem Schreibtisch. Das Spiel ging noch einige Nächte so, aber irgendwann beachtete ich die Schatten, oder Geräusche nicht mehr.

Neues Zuhause

Als ich sechzehn war, zogen meine Eltern und ich, in den Sommerferien in eine neue Gegend. Und zwar nach Base Village. Das war ein kleines Örtchen an der Grenze von Australien. Meine Eltern wollten unbedingt aus der Großstadt, da es ihnen hier einfach zu voll war. Also zogen wir auf einen etwas entlegenen Hof in Base Village. Das kleine Dorf hatte knapp zwanzig Häuser, die so weit von einander entfernt waren, daß man ein Fahrrad brauchte, um sie zu erreichen. Also kamen wir an einem schönen Montagmorgen in unserem neuen Zuhause an. Die Sonne schien fröhlich, die Luft war klar, und am Himmel kein einziges Wölkchen zu sehen. Wir hatten ca. drei Stunden mit dem Auto zurückgelegt, als wir die Straße hinauf, zu unserem neuen Heim kamen. Es sah recht gemütlich aus, denn auf einer großen, freien Fläche stand ein mächtig wirkendes Gebäude, das einem kleinen Schloß glich. Es hatte eine rötliche Farbe. Die Tür und die Fensterrahmen waren in einem hellen Grün gestrichen, ebenso die Balken, die es zierten. Das Haus

19

schimmerte in einem eher alten Rot, und die Dachziegel sahen aus, als wären sie schon hundert Jahre dort oben. Die Fensterläden aber, waren in einem dunklen Braun gehalten. Alles in allem sah es sehr alt aus, und mir schien, als hätten hier schon lange keine Menschen mehr gewohnt.

Meinen Blick wandte ich nun ab, und richtete ihn jetzt auf fünf große Garagen, die gleich daneben standen. Auch sie waren rot, jede so groß, daß glatt zwei Autos hineinpaßten. Der ganze Hof war mit roten und schwarzen Pflastersteinen ausgelegt, und sah wie ein riesiges Schachbrett aus.

Weiter entfernt stand ein kleines Häuschen, das aussah, als wäre es die Kopie des anderen, nur viel kleiner.

Ich glaube, es hatte, wenn es hoch kommt, drei Zimmer. Dahinter befand sich eine alte Scheune. Sie war nicht recht groß, aber es reichte, um hinter der kleinen Hütte, doch groß zu wirken. Dann ging es in einen riesigen, dichten Wald.

Als ich mich noch etwas weiter umsah, fiel mir auf, daß das gepflasterte Anwesen fast so groß war, wie zwei Fußballfelder, und auf diesem weder ein Baum noch ein Strauch standen. Umgeben war das alles von einem hellbraunen Holzzaun, der mir knapp bis zur Brust ging. Ich muß dabei erwähnen, daß ich gerade mal 1,80 m groß bin. Alles in allem, sah es ganz nett aus. Wir stiegen nun aus unserem Auto, nahmen das Gepäck, und gingen auf die grüne Holztür zu. Ach ja, mit wir meine ich meinen Ma, Ella Greder, meinen Dad Brian Greder und mich, der so ungalant war, sich noch nicht vorzustellen. Ich bin Jimmy. Geschwister habe ich leider keine, na ja, ist wahrscheinlich gar nicht so schlecht, ein Einzelkind zu sein.

Als ich nun Schritt für Schritt auf die Haustür zukam, fiel mir auf, daß sie recht komisch gemasert war. Auf der einen Hälfte gingen Schrägstreifen von rechts unten, nach links oben, auf der anderen hatte sie ein Zickzack-Muster. Um den Türstock verliefen eigenartige Ornamente, die ich auch noch nie gesehen hatte. Eine goldene Klinke, sowie ein katzenartiger Kopf mit Fledermausohren, und einem schwarzen Ring, der anscheinend zum Klopfen diente, zierten die Tür. Mein Vater wollte gerade den Ring in die Hand nehmen, als diese mit einem heftigen Ruck aufflog, und voller Wucht gegen die Hauswand knallte, so daß etwas Putz herunterbröckelte. Erschrocken sprangen wir alle einen großen Schritt nach

21

hinten, und blickten zum Eingang, aber nichts war zu sehen, nur daß es in dem Haus vollkommen dunkel war. Als wir wieder einen Schritt nach vorne wagten, erschraken wir nochmal, denn ein komisches Gesicht blickte uns jetzt an. Es gehörte zu einer Gestalt, die nun aus dem Dunkeln heraustrat. Was war das denn für ein Kerl? Er war so knapp 1,70 cm groß, hatte ein sehr schmales Gesicht, das etwas in die Länge gezogen war, ein hervorstehendes, spitzes Kinn, eine schmale Hakennase, darunter einen sehr ungepflegten struppigen Bart. Seine Augenbrauen waren so dicht und buschig, daß sie aussahen wie eine große. Seine Haut wirkte lederartig und schrumpelig, so als hätte man eine Apfelsine zu lange liegengelassen. Seine Haare waren fettig, leicht gelockt, und reichten ihm bis zur Schulter. Er trug einen olivgrünen Bundeswehrparka, eine braune vergammelte Jeans, und breite, große, dreckschwarze Stiefel, die nicht gebunden waren, sondern in die man einfach so hineinschlüpfte.

Mit einem breiten Grinsen, das seine gelben Zähne zeigte, sagte er: „Willkommen auf Haitmänner, dem schönsten Anwesen der

Gegend."
Dann streckte er uns seine knochige Hand
entgegen, die zu meiner Überraschung
völlig sauber war. Mein Dad grinste nun,
und schüttelte sie.
„Ja, es freut mich hier zu sein!"
Wir taten es ihm nach, bis der komische
Kauz sagte: „Ich bin Ergat, der
Hausmeister!"
Darauf mein Dad: „Das ist meine Frau Ella,
mein Sohn Jim Edward Rafael Simon, und
ich bin Brian Greder."
Ja, ihr habt richtig gehört, ich hab da was
nicht erwähnt, aber hackt nicht darauf
herum! Ist das o.k.? Ist ja allein schon 'ne
Strafe, die Namen alle auswendig zu lernen.
Ergat zeigte uns nun das ganze Haus. Ich
hatte recht, es war wirklich mächtig. Zuerst
gingen wir in das Wohnzimmer, das so groß
war wie zwei. Am Boden lag roter Parkett,
die Wände und die Decke waren rot
gestrichen. Sonst sah es völlig leer aus. Als
nächstes kam die Küche dran, sie war nicht
so groß, wie das Wohnzimmer, aber reichte
vollkommen aus, um zwanzig Leute zu
verköstigen. Überall hingen rote Schränke
und Kästchen. In der Mitte des Raumes
stand ein chinesischer Herd.
Ich muß jetzt nicht erwähnen, daß alle

23

Zimmer in demselben Rot strahlten. Unten gab es dann noch eine Speisekammer, Toilette, Bad, Esszimmer, und einen Aufenthaltsraum. Im ersten Stock befanden sich sechs weitere Zimmer, dazu ein Waschraum, und daneben ein großes Bad, mit einer Wanne, in die drei Leute hineinpaßten. An den Wänden hingen schöne Lampen, und ein langer Gang, mit einem samtartigen Teppich ausgelegt, führte zu jedem Zimmer. Bis auf die dunkelbraunen Türen, war auch hier alles rot. Sogar im Bad machten sie von dieser Farbe nicht Halt.

Eine Luke in der Decke führte, mit einer ausfahrbaren Treppe, nach oben, in den Speicher. Obwohl man das, was ich sah, nicht direkt als Speicher bezeichnen konnte, denn alles war ausgebaut, und hergerichtet, so daß er aussah wie einziger Raum. Die Dachschschrägen waren mit Rigipsplatten isoliert, und dann verputzt, die Wände, wie könnte es auch anders sein, rot gestrichen. Also irgend jemand hat hier eindeutig 'nen Rot-Knall.

In der Mitte des Zimmers stand ein großes Bett mit Metallgestänge, und darauf lag eine Matratze. In der einen Ecke sah ich noch ein paar kleine Kästchen, in der anderen ein schmalen Kleiderschrank.

„Junge, das ist von nun an dein Reich!"
sagte mein Vater, und klopfte mir dabei auf
die Schulter. Mein Lächeln mußte ich nicht
verbergen. Klasse, das ist ein geiles Zimmer!
Er stellte die restlichen Koffer ab, und
verschwand mit dem Hausmeister nach
unten. Derweil inspizierte ich alles, jede
Tür, jede Schublade, einfach alles.
Nachdem ich nichts Aufregendes gefunden
hatte, ließ ich mich aufs Bett fallen. Als ich
so eine Zeitlang Löcher in die Luft starrte,
kam meine Mutter zu mir herauf, und
brachte mir mein Bettzeug. Ich räumte nun
meine Sachen fein säuberlich in die
Kästchen, den Rest, der nicht hineinpaßte,
verteilte ich, in einem geordneten Chaos,
auf dem Boden. Als ich damit fertig war,
wurde ich auch schon zum Abendbrot
gerufen. Im Eßzimmer saßen wir auf
Holzkisten, die provisorisch als Stühle
dienten, bis der Möbelwagen kam, und aßen
Pizza vom „Pizza-Expreß". - Wußte gar
nicht, daß es hier draußen, so etwas
überhaupt gibt. Nach dem Nachtisch,
machte ich mich wieder auf den Weg nach
oben, und ging gleich ins Bett, denn bis das
Umzugsauto, mit meinem Fernseher
ankam, dauerte noch. Die erste Nacht

verlief ziemlich ruhig, ich hab geschlafen
wie ein Stein. Am nächsten Morgen war
dann auch schon der Möbelwagen da. Die
nächsten zwei Tage verbrachten wir damit,
alles einzuräumen, und es uns so gemütlich
zu machen, wie es nur gerade ging.
Den Rest der Ferien verbrachte ich damit,
die Gegend zu erkunden. Die alte Scheune
war ein tolles Versteck. In ihr standen lauter
Kisten. Die meisten waren verschlossen,
aber nicht alle. Also stöberte ich darin
herum, fand aber nichts wirklich
Besonderes. Ein paar alte Bücher, alte
Kleidung und etwas Werkzeug.
Aber auch der Wald war sehr interessant,
denn wenn man ein Stück hineinging, und
einem schmalen Kiesweg folgte, kam man
an eine versteckte Lichtung, in der sich ein
kleiner See verborgen hielt. Von diesem
führte ein langer, breiter Bach zum anderen
Ende des Waldes. Doch bis jetzt, hatte ich
mich nicht getraut, tiefer hineinzugehen.
Ab und zu, ließ sich unser Hausmeister
blicken. Er wohnte in dem kleinen
Häuschen, das neben unserem stand.
Irgendwie war das schon ein komischer
Kautz, aber viel Beachtung schenkte ich
ihm nie.

26

Die neue Haushaltshilfe

So, nun gingen die Ferien zur Neige, und es blieb uns gerade mal eine Woche, bis der normale Alltag eintrat. Das schlimmste ist, daß mein Vater ab morgen zwei Monate auf Geschäftsreise geht, und meine Mutter mit mir dableiben muß. Doch auch sie hatte einen Halbtagsjob, so daß die Hausarbeit für sie alleine, nicht zu bewältigen war. Da kamen meine Eltern auf die Idee, eine Haushaltshilfe einzustellen. Letzte Woche hatten sie eine Anzeige in die Zeitung gesetzt, die auch prompt beantwortet wurde. Morgen ist es soweit, da werden die ersten Bewerberinnen eintrudeln.
Ein lautes Klopfen riß mich aus dem Schlaf. Ich drehte mich um, mein Blick wanderte verschlafen auf meinen Wecker, 8 Uhr - ich glaub ich spinn. Ich ließ mich auf den Rücken fallen, und streckte alle Viere von mir, gähnte kräftig, starrte an die Decke, dann an die Wand. So nun sprang ich auf, schlüpfte in meine Jeans, schmiß mir ein T-

27

Shirt über, und polterte die Treppen nach unten. Meine Augen waren noch voller Schlaf, so daß ich sie nur einen Spalt breit aufkriegte, doch das reichte um zu sehen, daß unser Wohnzimmer mit älteren Damen überfüllt war, die alle dicke Ordner in der Hand hielten. Jetzt versuchte ich, meine Äuglein richtig aufzureißen.Tatsächlich es waren lauter olle Frauen, die sich hier bewerben wollten. Meine Mutter bat eine nach der anderen, zum Gespräch in die Küche. Gott sei Dank, war eine Stunde später der Spuk vorbei, und meine Mutter hatte, zu meiner Zufriedenheit, keine von denen genommen. Etwas entnervt, packte sie mich dann, und fuhr mit mir in die Stadt, zum Einkaufen. Klasse, weil ich das ja so gerne mache. Aber ein Gutes hatte es doch, ich bekam einen Eimer gelber Farbe, dazu Pinsel, Kreppband und Abdeckfolie, um mein Zimmer zu verschönern, da ich ihr dauernd in den Ohren lag, daß das Rot gräßlich war. Nachdem die Einkaufsparanoia vorbei war, schleppte ich meine Streichutensilien in mein Zimmer, legte die Plane fein säuberlich aus, und klebte alles ab. Ich nahm einen Pinsel, tauchte ihn in den Eimer, und begann alles anzumalen. Da das Gelb nicht so deckte,

28

wie ich es erhofft hatte, mußte ich mehrmals drüberstreichen. Nach Stunden des Tropfens und Kleckerns, war es dann geschehen, die Wände und die Decke strahlten knallgelb. Aber nicht nur die Wand war gelb, sondern auch meine Jeans, sowie Hemd und Haare. Ich entfernte das Klebeband, und packte die Folie in den Mülleimer.

Jetzt war es an der Zeit, in die Wanne zu gehen, um die restliche Farbe von mir zu waschen. Gesagt, getan, ich ließ heißes Wasser einlaufen, warf die Klamotten in den Korb, wo wir immer die alte Wäsche hineintaten. Dann nahm ich eine „Micky Maus", die immer im Bad griffbereit liegen mußte, lehnte mich entspannt zurück, und schmökerte in ihr. Muß wohl eingenickt sein, denn als ich die Augen öffnete, waren meine Finger ganz verschrumpelt, und mein Comic schwamm vor mir. Ich wusch mich schnell, und schlüpfte in einen Bademantel. Dann ging ich wieder in mein Zimmer.

Mich hatte es fast rückwärts die Treppen hinuntergelassen, als ich dort ankam. Ich rieb nun meine Augen, denn was ich da sah, konnte ich nicht glauben. Alles Gestrichene war wieder rot. Ja, häßliches Rot. Ich nahm den Pinsel, tunkte ihn in den Eimer, und

29

machte einen Klecks an die Wand, setzte mich aufs Bett und starrte ihn an. Ich konnte sehen wie er von Minute zu Minute heller wurde, bis er endgültig verschwand, während das Rot immer kräftiger durchschimmerte. Was soll das denn, was geht hier vor? Mir schossen einige Fragen durch den Kopf. Doch die logische Erklärung war, daß es eine spezielle Farbe sein mußte, extra dafür gemacht, um nicht mehr drüberstreichen zu können. Ja, das war die einfachste Begründung. Nun mußte ich mich damit abfinden, in einem roten Zimmer zu leben.

Als ich mich wieder angezogen hatte, klopfte es an unserer Tür.

Ich rief: „Mama, ich geh schon!" und eilte hinunter, riß die Tür auf, und sagte forsch: „Ja, was los?"

Vor mir stand nun - wie soll ich sagen - ein Mädchen, oder eher junge Dame, nicht älter als vierundzwanzig Jahre. Sie hatte blondes, kurzes Haar, ein hübsches Gesicht, mit blauen Augen und einer Stupsnase. Groß war sie nicht, höchstens 170 cm, wirkte aber recht abgemagert, und ihre Klamotten waren auch nicht mehr die neuesten. Doch im großen und ganzen, sah sie sehr nett aus. Ihre Hand zitterte, als sie mir einen

Umschlag entgegenstreckte. Ich nahm ihn, und gab ihn gleich meiner Mutter, die jetzt auch zu uns stieß.

Dann sagte das Mädchen: „Ich heiße Tamara Kingly, und wollte mich um die Stelle bewerben."

Meine Mutter musterte sie von oben bis unten, dann bat sie sie herein. Die beiden gingen ins Wohnzimmer, und ließen mich an der Tür stehen. Ich schloß sie, und wollte gerade den Damen Gesellschaft leisten, als mir Tamara schon entgegen kam. An ihrem Lächeln konnte ich erkennen, daß ich sie nicht zum letzten Mal sah. Sie verabschiedete sich höflich, und verschwand nach draußen. Am nächsten Morgen stand sie dann mit zwei kleinen Koffern vor der Tür. Meine Mutter zeigte ihr sogleich, ihr neues Zimmer. Schon komisch, wir haben uns selber noch nicht mal eingelebt, und schon eine neue Mitbewohnerin bekommen. Tami, wie wir sie ab sofort nannten, war fleißig. Ich hatte noch nie jemanden gesehen, der mit so viel Freude an die Arbeit ging. Sie tat alles, was man ihr anschaffte, ohne zu fragen, wieso und warum. Der Rest der Woche verlief ziemlich ereignislos.

Erster Schultag

Doch morgen, also am Montag, war es soweit, mein erster Schultag hier. Ich war natürlich ziemlich aufgeregt, so daß ich schon um 5 Uhr wach wurde. Endlich ein paar andere Kids treffen, denn ich hatte mich, hier draußen, schon richtig einsam gefühlt. Ich warf mir ein weißes Hemd über, zog meine neue schwarze Baggy an, schlüpfte in meine Sneakers, noch ein Cap aufgesetzt, und schon war ich bereit. Klar hatte ich ein wenig Muffensausen - ist doch immer so, wenn was neu ist. Um sieben Uhr gab's endlich Frühstück, Tami hatte schon alles vorbereitet, und mir sogar noch Sandwiches zum Mitnehmen gemacht. Es dauerte noch eine knappe, halbe Stunde bis der Schulbus endlich auftauchte. Endlos wirkende dreißig Minuten waren nun vorbei, und ein großer, gelber Bus fuhr die Auffahrt herauf. Er sah sehr alt und klapprig aus, und das Gelb vermischte sich an manchen Stellen mit Rostbraun. Jede Seite hatte zehn große Fenster, aus denen kleine Gesichter guckten. Nun hielt das Ungetüm, das mich in die Schule bringen sollte. Ich riß die

Haustür nun ganz auf, und lief auf den Bus zu. Die große Beifahrertür wurde geöffnet, und dahinter saß ein kleines, buckliges Wesen. Er sah wie ca. sechzig aus, hatte weiße, lange Haare, und passend dazu, einen kleinen Schnauzer. Eine dicke Nickelbrille saß auf seiner, doch recht schmalen Nase, und kleine zusammengekniffene Augen versteckten sich hinter dicken Gläsern. Er trug ein dunkelblaues Sakko, mit passender Hose. Nun schaute ich mich weiter um. Die Sitze und der Teppich entsprachen voll und ganz dem äußeren Erscheinungsbild. - ALT. - Erst jetzt merkte ich, wie mich hunderte von Augen anstarrten. Ich hob die Hand, machte das Peace-Zeichen, und sagte: „Hi, ich komme in Frieden!"

O.k., das war hier wohl nicht so angebracht, denn jetzt waren alle verdutzt, aber das Starren hörte trotzdem nicht auf. Weiß nicht, lag es an meinen Klamotten oder der Frisur, aber auch mein Gesamtbild könnte etwas damit zu tun haben. Ich suchte mir schleunigst einen Sitzplatz, und pflanzte mich hin. Wo bin ich da nur gelandet? Hier muß echt die Zeit stehengeblieben sein, alles war so alt und ungewöhnlich. Die meisten Kinder hier trugen karierte Hemden

und Hochwasserhosen, paßend dazu Hosenträger und Halbschuhe, Sturmfrisur. Und das alles abgerundet mit einer roten, optisch total bescheuerten Fliege. Just, in dem Moment, fiel mir auf, daß ja gar keine Mädchen im Bus waren. Während ich so vor mich hingrübelte, merkte ich gar nicht, daß wir schon angekommen waren.
Der Busfahrer öffnete die Tür, und blökte durchs Mikro: „Nun raus, ihr Rotzgören!" Wow, das war ja so liebevoll, daß sich mein Herz fast übergeben mußte. Schleunigst verließ ich den Klapperkarren. Schon stand ich vor einem riesigen Schloß. Es war nicht nur mächtig, sondern auch „zu meiner Überraschung" ALT. Der Putz bröckelte schon leicht von den Wänden, die Fenster hatten kleine Riss, und die Dächer sahen auch nicht mehr sehr stabil aus. He, da wohne ich ja in einem Luxuspalast. Wir gingen durch das große Tor hinein, wo schon einige Lehrer warteten, und sich die Klassen den jeweiligen Paukern zuordneten. Ich hatte gar nicht gemerkt, daß wir nicht der einzige Bus waren. Nach uns kamen noch zehn weitere. Als alle aufgeteilt waren, stand ich nun alleine auf dem Platz, und machte einen dummen Eindruck.
Doch nicht lange, denn jemand packte mich

34

am Arm und sagte: „Du mußt Jim Greder sein, oder?"
Die Stimme war sehr freundlich, und hatte eine „Wärme", ich weiß nicht, wie ich es jetzt anders erklären soll? Ich drehte mich um, und vor mir stand ein großer Mann. Er hatte zurückgekämmte, gegelte Haare, ein eher langes Gesicht, braune Augen, und etwas dicke Augenbrauen. Ein weißes Hemd, und schwarzer Anzug zierten ihn. Er lächelte mich an, und sagte: „Na, dann werde ich dir mal deine Klasse zeigen."
Vom Hof aus, gingen wir nun zu einer schwarzen Holztüre. Als wir noch ein paar Schritte entfernt waren, sprang sie plötzlich auf. Wir wanderten einen dunklen Flur entlang, auf ein kleines Licht zu, das mit jedem Schritt größer wurde. Nun standen wir in einem hell erleuchteten Raum, er war riesig. Also, ich hatte ja vermutet, daß das Schloß groß ist, aber was ich jetzt sah, übertraf alles. In diesen Raum paßten unsere Klassenzimmer mindestens fünfmal hinein. Er war komplett aus weißem Marmor, und die Decke aus Glas, so daß man den Himmel sehen konnte. Rechts und links, standen jeweils drei Säulen. Die Tische, an denen schon einige Schüler saßen, waren im Achteck aufgestellt, und in

35

der Mitte befand sich das Lehrerpult. Zwischen je vier Tischen, gab es einen kleinen Gang, damit man auch die Mitte betreten konnte. Sie waren aus massiver Eiche, und es konnten jeweils vier Personen daran sitzen. Die eine Hälfte war für Mädchen, und die andere für Jungs. Also für die, die nicht rechnen können, sechzehn Mädchen und genau soviele Jungs. Die Mädchen hatten, wie ich später erfuhr, einen eigenen Bus.

Unser Klassenzimmer war leider nicht so voll besetzt, wie es sein sollte, also durften sich immer zwei, eine Bank teilen. Mein Nebenmann war Otto. Wie soll ich ihn beschreiben? Stellt euch euren Klassentrottel vor, nur mit kariertem Hemd und roter Fliege. O.k., blöd, aber die Beschreibung paßt auf alle Jungs hier. Die Mädchen trugen lange, blaue Röcke trugen, eine rosa Bluse, und wichtig, eine blaue Krawatte. Aber von einem Alptraum zum anderen, widmen wir uns wieder Otto. Er hatte kurze, blonde Haare, braune Augen, eine breite Nase, und war sehr schlaksig, aber genauso groß wie ich. Nun verteilte der Lehrer, der übrigens Mr. Braun hieß, Namenschilder. Aber mir reichte es zu wissen, mit wem ich meinen Tisch teile.

Neue Freundschaft

So vergingen zwei Monate, bis mein Dad
endlich wieder zurückkam. Wir saßen
gemütlich beim Abendessen. Ich erzählte
von meinen Tagen in der Schule, und daß es
anfängt, mir wirklich Spaß zu machen - was
natürlich Blödsinn war. Aber es war echt
schön, wieder mit der ganzen Familie am
Tisch zu sitzen. Ich fand, daß sogar Tami
dazugehörte. Sie war echt toll, ich mochte
sie richtig gern.
Der alte Kauz von Hausmeister ließ sich nur
ab und zu mal blicken, meist werkelte er
nachts. - Wenn's ihm Spaß macht. Freunde
hatte ich leider noch nicht wirklich
gefunden. Irgendwie fühlte ich mich, unter
den anderen Kindern, nicht richtig wohl. Ich
kam mir vor, wie in einer fremden Welt.
Mum, Dad und ich saßen noch etwas vor
dem Fernseher, als wir plötzlich in den
Nachrichten, von einer Sturmwarnung
hörten. Meine Eltern sprangen panisch auf,
parkten das Auto in der Garage, und
verrammelten alle Türen und Fenster. Sie
schickten mich in mein Zimmer, dasselbe
zu tun, was mich etwas irritierte.

„Ich hab doch gar kein Auto", sagte ich nur, und verzwiebelte mich. Oben angelangt, ging ich zum Fenster, und wollte es schließen, aber eine Windböe drückte es wieder auf. O.k., auf ein neues, mit mehr Kraft. Ich merkte, wie der Wind von draußen immer stärker hereinpfiff. Ich bekam das dumme Ding nicht zu. Jetzt, puh, geschafft, das Fenster war geschlossen. Oje, die Fensterläden draußen klapperten, und mit einem Schlag kamen sie auf mich zu. Ich hechtete auf mein Bett, und hörte schon, wie es klirrte. Der Wind hatte sie mit einem Affenzahn zugeschlagen, daß das Glas splitterte. Als ich mich in meiner Kiste umdrehte, hörte ich eine Stimme: „He du Wicht, kannste nicht aufpassen, wo du hinfällst?"

Mit einem Satz sprang ich auf.

„Wer ist da?"

„Äh, hab ich das laut gesagt?" hörte ich die Stimme leise sagen.

„Ja, also wer, oder was ist hier?"

Ich schaute links und rechts, aber sah nichts.

„Ups" kam bloß zurück.

Dann rannte ich zum kaputten Fenster, und schloß die Läden, damit nichts nach drinnen oder draußen drang.

„So, wer ist da?" sagte ich mit energischer Stimme.

Was mich eigentlich wunderte, war, daß niemand das Klirren der Scheiben gehört hatte.

„Ich bin nur ein Fussel unter deinem Schrank!" antwortete die Stimme jetzt etwas lauter.

Ich sprintete hin, und warf mich auf den Boden. Doch im selben Augenblick, hörte ich meine Zimmertüre auf- und zugehen, und die Stimme lachte: „Ätsch, ätsch, ausgeschmiert!"

„Scheiße", schrie ich laut.

Schätze etwas zu laut, denn mein Vater kam ins Zimmer gerannt.

„Was ist los?" fragte er mich.

Äh, was soll ich ihm jetzt erzählen, am besten nichts. Ich zeigte nur auf das kaputte Fenster, und die Scherben auf dem Boden.

„ Ach, das macht nichts, mein Sohn, da lassen wir morgen ein neues einsetzen."

Dann verließ er das Zimmer wieder. Wenig später tauchte Tami mit dem Staubsauger auf, und beseitigte die Scherben. Als auch sie wieder weg war, legte ich mich ins Bett und grübelte. Was war das, was ich gehört hatte. Oder besser, wer war das? Dann schlief ich ein.

Tami weckte mich, wie jeden Morgen, machte mir Frühstück, und dann kam auch schon der Schulbus. Im Klassenzimmer angelangt, setzte ich mich wieder neben Otto, und lauschte dem Lehrer, was er uns heute zu sagen hatte. Die ersten drei Stunden vergingen zäh, dann kam die erste Pause. Auf dem großen Schloßplatz setzte ich mich auf meinen Lieblingsstein, und schaute in den Beutel, was Tami mir heute eingepackt hatte, als mich plötzlich ein Mädchen ansprach: „Du, warum hast du immer so komische Klamotten an?"

Ich blickte erschrocken hoch. Wie, komische Klamotten - hast du schon mal in den Spiegel geschaut?

Dann musterte ich sie von oben bis unten, und sagte: „Weiß nicht, bei uns sind die normal."

Dann widmete ich mich wieder meinem Brotbeutel. Aber sie stand immer noch da, und starrte mich an.

„Hm, kann ich dir sonst noch irgendwie helfen?" fragte ich pampig.

Doch sie antwortete nur: „Ich bin Lisa", und hielt mir die Hand hin.

Äh, o.k. damit hatte ich jetzt nicht gerechnet. Ich stand auf, und putzte mir meine an der Baggy ab.

40

Dann nahm ich ihre, und sagte: „Freut mich, ich bin Jimmy."

„Ich weiß", grinste sie.

Jetzt betrachtete ich sie mir genauer. Sie war 150 cm groß, hatte blonde Haare, blaue Augen, und ein hübsches Gesicht. Bis auf die Klamotten, sah sie eigentlich ganz nett aus.

„Du bist aber nicht in meiner Klasse, oder?" fragte ich, in der Angst sie übersehen zu haben.

„Nein, bin ich nicht, ich bin in der Parallelklasse."

„Und woher kennst du mich?" antwortete ich erstaunt.

Sie grinste nur. Doch unser Gespräch wurde von dem Läuten der Glocke beendet, denn die Pause war schon wieder vorbei. Ich verabschiedete mich, und ging in mein Klassenzimmer. So, nun wieder vier endlos lange Stunden, bis zur nächsten Pause. Die Zeit zog sich ewig dahin, bis endlich der erlösende Gong kam. Auf dem Pausenhof nahm ich wieder meinen Stammplatz ein, und wartete. Es war echt toll, mal mit einem anderen Menschen, außerhalb unseres Hauses, zu reden. Just in diesem Moment kam auch Lisa wieder, setzte sich neben mich auf den Stein, und sagte: „Du wohnst doch in Haitmänner, stimmst?"

„Ja", antwortete ich nur.

„Dann sind wir ja sozusagen Nachbarn."

Jetzt war ich irritiert. Nachbarn? Weiß nicht,
hab weit und breit kein Haus gesehen.

„Äh, und wo wohnst du?" fragte ich jetzt
dumm.

„In Haberstaid."

„Wo ist das denn?" fragte ich nun verdutzt,
davon hab ich noch nie was gehört.

„Das ist 1,5 km von dir entfernt, und somit
das nächstgelegene Anwesen, denn
Hausedort ist 2,7 km entfernt. Also
Nachbar!" grinste sie.

O.k., da hatte sie gar nicht so Unrecht.

„Was machst du eigentlich in den
Herbstferien?" fragte sie mich.

Ach du grüne Neune, stimmt, ab morgen
sind ja zwei Wochen Ferien, wie konnte ich
das nur vergessen.

„Ich, nix, und du?"

„Wie, du machst nix?" antwortete sie
erstaunt.

„Weißt du, die hab ich völlig vergessen."
sagte ich, jetzt auch erstaunt über mich
selbst.

„Gut, dann besuch ich dich mal!" und mit
dem Satz stand sie auf, und verschwand.

Hallo, so verdutzt war ich schon lange nicht

mehr. Dann läutete es eh schon wieder. Die letzten Stunden vergingen nun wie im Flug, und schon war der Bus wieder da, und brachte mich nach Hause. Dort angekommen, standen meine Eltern schon vor dem vollbepackten Auto in der Auffahrt. Klasse, wir fahren doch in Urlaub. Die Bustüre war noch nicht ganz offen, als ich mich schon durchzwängte, und zu meinen Eltern rannte.

Ich lächelte, und rief: „Wo geht's hin?"
Doch die Worte meines Vaters bremsten meine Geschwindigkeit, wie meine gute Laune.

„Sorry Sohnemann, deine Mutter und ich müssen ein paar Tage weg, um einige Sachen zu erledigen. Du bleibst hier bei Tami, sie hat versprochen auf dich aufzupassen."

Dann drückten mich beide noch, und stiegen in den Wagen. Klasse, zwei Wochen Ferien, und dann allein auf dem großen Anwesen. Ich winkte ihnen noch hinterher, und trottete ins Haus, dann setzte ich mich ins Wohnzimmer, und schaltete die Glotze an. Tami brachte mir ein paar belegte Brote, 'ne Cola, und setzte sich zu mir auf die Couch. Wir sahen den Rest des Tages Cartoons, bis es spät wurde, und Tami das

Abendessen vorbereitete. Als sie aufstand, wanderte mein Blick zur Terrassentüre, und als ich ihn abwenden wollte, sah ich einen Schatten. Ich schaute genauer hin, es war unser Hausmeister, der ums Haus schlich, und dann im Wald verschwand. Irgendwie komisch, aber, na ja, das ist er selbst ja auch. Ich aß mit Tami zu Abend, und ging dann in mein Zimmer. Als ich meine Tür aufmachte, fiel mir gleich auf, daß mein Dad das Fenster hatte richten lassen.

Nun schmiß ich mich aufs Bett, und schaltete jetzt meine eigene Glotze an, zappte von einem Sender zum nächsten. Als nichts gescheites kam, machte ich das Ding wieder aus, und kroch unter die Decke.

Doch ein Pochen riß mich aus dem Schlaf, ich schaute auf die Uhr, es war drei Uhr morgens. Da, es pochte wieder, das war an der Tür.

Ich schlich mich leise hin, und fragte: „Wer da?"

„Ich bin's, Tami!" sagte die Stimme.

Langsam öffnete ich, ganz verängstigt und zitternd, stand sie vor mir.

„Was ist los?"

„Ich weiß nicht, aber irgendwie ist mir das heute zu unheimlich." sagte Tami nur.

Wir packten ihre Bettsachen zusammen,

und brachten sie in mein Zimmer. Ich warf mein Zeug auf den Boden, und quartierte sie in meinem Bett ein. Erst wollte sie nicht, aber dann gab sie klein bei. Zwanzig Minuten vergingen, bis sie endlich einschlief, währenddessen stand ich am Fenster, und schaute nach draußen. Hinter der Scheune bewegte sich etwas, jetzt sah ich Licht. Es war unser Hausmeister, und noch so eine komische Gestalt, aber ich konnte sie nicht erkennen. Jetzt verschwanden beide in seinem Haus. Ich legte mich auf den Boden, und versuchte zu schlafen, als sich unter dem Bett etwas bewegte.

„He, wer bist du!" rief ich leise, „Ich kann dich sehen!"

„Mist!" kam jetzt nur zurück.

Ich rutschte zu einem der Kästchen, und kramte nach etwas, das Licht machte. Tatsächlich fand ich eine Taschenlampe. Ich hielt sie unters Bett, und knipste sie an. Irgendetwas zischte an mir vorbei. „O.k., wo bist du?" aber nichts rührte sich. Ich schwenkte die Funzel nach rechts. Da, da war was. Doch das Ding sauste wieder flugs unter mein Bett. Aber jetzt hörte ich eine Stimme.

Mach das Ding aus, und wir reden!"

45

Dann knipste ich die Lampe aus.

„Bist du lichtscheu?" fragte ich.

„Eigentlich nicht, aber ich will auch nicht gesehen werden."

„ Aha, und jetzt, wer bist du?" antwortete ich forsch.

„Z.z.z.z, die Jugend von Heute, keinen Anstand mehr, z.z.z. Ich bin Spurtz der Germling, und du bist Jimmy!"

Klasse, jetzt bin ich fast genau so schlau wie vorher. Aber plötzlich regte sich Tami: „Mit wem redest du?" „Mit niemandem, du hast nur geträumt."

Dann drehte sie sich wieder um. Ich schaute nochmal unters Bett, aber Spurtz war verschwunden. Alles etwas komisch, das reicht jetzt für eine Nacht. Dann legte auch ich mich schlafen.

Komische Gestalten

Am nächsten Morgen weckte mich Tami um zehn, zum Frühstück. Ich polterte im Schlafanzug die Treppe hinunter in die Küche.

Als ich in der Türe stand, rief Tami mir zu: „He Jimmy, du hast Besuch!"
Jetzt erst sah ich Lisa am Küchentisch sitzen. Ich erschrak so, daß ich nach hinten kippte. Beide kicherten nur.
„Netter Anzug", sagte Lisa mit einem breiten Lächeln. Schnell spurtete ich die Treppe wieder hinauf, schmiß mich in eine blaue Jeans, und in ein, leider zu enges, schwarzes T-Shirt, zog mir Turnschuhe an, und gelte meine Haare. O.k., fertig. So rannte ich nun wieder in die Küche, und setzte mich zu Lisa an den Tisch. Heute sah sie nicht so aus wie sonst. Sie trug ihre Haare anders, wie kann ich nicht sagen, einfach anders. Ich bin ein Mann, ich muß mich mit so was nicht auskennen, sondern es nur bemerken. Dann trug sie ein enges, weißes Top, eine ¾-Jeans, und dazu passende Turnschuhe in Schwarz.
„Nettes Outfit, mal was anderes", sagte sie
47

zu mir.

Stimmt, sie kennt mich nur in Baggies und Hemden, oder weiten T-Shirts.

„Du siehst aber auch nicht Ohne aus!" antwortete ich, und merkte wie ich rot wurde.

Tami stellte uns ein paar Brote hin, und verschwand dann blitzschnell.

„Nett, 'ne eigene Bedienung!" grinste Lisa mich an.

Ja, hat was.

„Magst du auch eins?" fragte ich, und reichte ihr den Teller mit Broten. Sie nahm sich eines mit Käse, und aß es schnell.

„Nimm dir ruhig noch eins, ich hab keinen großen Hunger!" Sie langte nochmal vorsichtig zu.

„Was machst du denn den ganzen Tag so?" fragte sie mich nun.

Ich schluckte schnell den Bissen hinunter.

„Keine Ahnung, meist Fernsehen."

„Sonst nichts?"

Ich dachte nach.

„Nö", antwortete ich dann.

„Wo sind deine Eltern?"

„Sind geschäftlich unterwegs!"

„Das kenn ich!" sagte sie mitfühlend.

„Meine Eltern sind leider auch selten zu Hause."

48

Ich aß noch schnell auf, dann packte ich
Lisa am Arm, und zog sie hinaus.
„He Jim, wohin?"
„Komm mit, ich will dir was zeigen!"
Dann zerrte ich sie zur alten Scheune, aber
sehr vorsichtig, damit der alte Hausmeister
uns nicht entdeckte. Sie staunte nicht
schlecht, nachdem sie all die Kisten sah.
Wir wühlten eine Weile darin herum, als sie
fragte:
„Warst du schon mal in dem Wald hier?"
„Ja, und du?" antwortete ich.
„Dann komm, laß uns gehen."
Diesmal zog sie mich, erst aus der Scheune,
zu den ersten Bäumen, dann gingen wir
tiefer hinein. An der Lichtung mit dem
kleinen See vorbei, immer weiter. Etwas
mulmig war mir jetzt schon, aber mir ging's
nicht allein so.
„Also wenn du wieder zurück willst, ist das
kein Problem!"
„Ich, wieso, nö paßt, und du?" antwortete
sie entschlossen.
Ich schüttelte bloß den Kopf. Also gingen
wir weiter, bis wir auf einen kleinen Kiesweg
stießen, dem folgten wir, bis wir an einer
großen Lichtung ankamen. Dort stand eine
kleine Holzhütte, drum herum war ein
großer Zaun mit Stacheldraht. Wir näherten

uns ihr ganz vorsichtig. An der einen Seite
war ein kleines Tor, das mit fünf Schlössern
versehen war, auch die Türe zur Hütte war
mit sechs Schlössern verriegelt.

„Was bewahren die dort nur auf?" sagte
Lisa plötzlich.

Ich zuckte nur mit den Schultern, denn ich
hatte ja selbst keine Ahnung. Ein Blick auf
meine Ticktack verriet mir, daß es schon
sechzehn Uhr war. Wow, wie die Zeit
vergeht.

„Und was nun?" fragte ich.

„Weiß ich doch nicht!"

Also schenkten wir der Hütte keine
Beachtung mehr, und gingen tiefer in den
Wald hinein. Er wurde immer dunkler und
dichter, irgendwie unheimlich. Lisa
klammerte sich inzwischen an meinen Arm.

„Sollen wir umdrehen?" fragte ich sie
vorsichtig.

„Nö, wieso?"

„Äh, nur so!"

Nach ein paar Metern hörte der Weg auf,
der Boden wurde moosig, und war mit lauter
Wurzeln übersät. Wir mußten nun bei jedem
Schritt aufpassen, um nicht hinzufallen.

Vor einer riesigen Eiche blieben wir stehen.
Sie war groß, wie ein Hochhaus, der Stamm
umfaßte knapp sechs Meter. Ein langer Riß

an der Seite, ließ uns vermuten, daß sie innen hohl war. Nun setzten wir uns auf zwei große Wurzeln, und machten etwas Rast.

„Knack."

Ich schaute zu Lisa: „Hast du das gehört?"

„Was denn?"

„Da war ein Knacken!"

„Nö!" antwortete sie dann.

„Aber ich bilde mir das doch nicht ein, oder?"

„Knack." O.k., da war es schon wieder, aber es hörte sich jetzt näher an. Da! Es waren Schritte. Jemand trat auf Wurzeln und Gestrüpp. Ich packte Lisa am Arm, und zog sie zur Eiche. Dann quetschten wir uns durch den Spalt im Baumstamm, in das Innere, das vollkommen hohl war. Die Eiche sah von außen gar nicht so groß aus, wie sie tatsächlich war. Ein paar Spinnenweben und Käfer, ließen Lisa einen Angstschauer über den Rücken laufen, und sie klammerte sich noch fester an mich.

Jetzt hörte sie die Schritte auch.

„Wer, oder was, ist das?" fragte sie mich erschrocken.

„Psst!" machte ich nur, denn die Schritte hatten den Baum schon erreicht.

Ich schaute durch den Spalt, und versuchte

etwas zu erkennen. Erst huschte ein schwarzer Schatten an der Eiche vorbei, dann kamen zwei weitere Gestalten. Eine war groß, aber ich konnte nur eine Lederhose, und einen kräftigen, behaarten Körper erkennen. Diese wurde von einer Frau, in einem schwarzen Samtmantel, begleitet. Sie hatte lange, rote, gelockte Haare.

„He Traip, hast du vorhin nicht auch was gehört?" fragte die Frau.

„Nein, wieso!" sagte eine dumpfe, dunkle Stimme, die ich dem komischen Etwas zuschrieb.

„Und, wo ist Slett wieder hin? Der Schatten geht mir echt auf den Senkel!" schimpfte nun die Frau.

Dann merkte ich, wie sich die Schritte entfernten.

„Was war das?" flüsterte Lisa entsetzt.

„Keine Ahnung, Lisa!"

Nun steckte ich meinen Kopf aus dem Spalt, und schaute, ob die Luft rein war. Doch auf einmal merkte ich, wie der Baum sich bewegte. Ich machte vor Schreck einen Satz nach hinten. Jetzt schloß sich der Spalt, so daß nur etwas Licht, von oben, durch die Krone, hineinschien.

„Was machen wir jetzt?" fragte mich Lisa.

„Ich hab keine Ahnung!" sagte ich nur. Dann ließen wir uns auf den Boden fallen, und warteten. Minuten vergingen wie Stunden, und die Stunden kamen mir unendlich vor. Wir redeten über dies und das. Durch die obere Öffnung konnte ich sehen, daß es immer dunkler wurde. Auf einmal hörten wir Schreie, sie kamen aus allen Richtungen. Plötzlich war es still, nicht mal ein Windhauch war zu spüren. Jetzt bewegte sich der Baum sich wieder, und öffnete, wie durch Geisterhand, den Spalt.

Wir sprangen auf, und quetschten uns nach draußen. Doch das was ich dort sah, gefiel mir überhaupt nicht. Kaum ein Baum stand noch, manche waren samt Wurzeln herausgerissen, verbrannt oder abgebrochen. Das alles war sehr merkwürdig. Es schien, als ob jemand, mit einem großen Bulldozer, alles niedergemäht hatte. Auch das Moos roch verbrannt, sogar die Eiche war angesengt, doch allzu viel hatte sie nicht abbekommen. Ich packte Lisa am Arm, und rannte mit ihr in die Richtung, aus der wir vorher gekommen waren, immer schneller bis zur großen Lichtung.
Aber dort sah es nicht besser aus, Bäume

53

und Sträucher waren abgebrannt, oder aus der Erde gerissen. Auch die Holzhütte hatte es schwer erwischt. Hier waren nur noch ein paar verstreute Holzlatten zu sehen, die darauf hindeuteten, daß dort mal etwas gewesen sein muß. Nachdem wir etwas verschnauft hatten, liefen wir weiter, bis zu der kleinen Lichtung mit dem schönen See, denn dort hörten wir plötzlich Stimmen und Schritte, die uns entgegenkamen. Ich riß Lisa mit mir, und sprang in das kühle Naß. Wir tauchten bis zu einem großen Baum, dessen Wurzel über den halben See hing. Ein paar verzweigte Wurzelstücke hingen ins Wasser, und gaben uns Deckung. Der Mond stand so gut, daß wir nicht gesehen werden konnten, aber alles gut im Blick hatten. Brrr…, scheiße, das Wasser war erstens schweinenaß, und zweitens saukalt. Wir beobachteten den Rand des Sees, als ich wieder diese dunkle Stimme hörte.

„He, was war das?"

„Beruhige dich Traip, ich hab nichts gehört!" sagte nun eine weibliche Stimme. Jetzt konnte ich endlich etwas erkennen. Ich sah eine Frau, so knapp 170 cm groß, rote, gelockte Haare, ein schmales Gesicht. Sie war mit einer weißen Bluse, und einer schwarzen, ledernen Hose bekleidet, die in

54

schwarzen Lederstiefeln steckte. Um die Hüften hatte sie einen breiten Gürtel, mit einer großen, goldenen Schnalle, die mit Diamanten besetzt war. Über allem, sah ich einen schwarzen Samtmantel, der jetzt im Mondlicht leicht lila schimmerte. Dann kam aus der Dunkelheit eine kräftige Gestalt. Sie trug eine pechschwarze Lederhose, hatte kräftige Beine, und ihre Füße steckten in schwer aussehenden Stiefeln, mit zerkratzten Stahlplatten. Ihr Oberkörper war genauso stark gebaut, und mit einem braunen Pelz überzogen. Ihr Kopf ähnelte eher einem Wolf, als einem Menschen, doch das auffälligste waren die strahlend blauen Augen, die in der Dunkelheit leuchteten. Beide hatte ich schon vorher an der großen Eiche gesehen. Jetzt war noch ein Schatten bei ihnen, aber ich konnte ihn nicht erkennen, denn dafür war es einfach zu dunkel.

Jetzt stupste mich Lisa an: „He, was sind das für Gestalten?"

Ich hatte keine Ahnung, es kam mir nur alles so unwirklich vor. Die beiden unterhielten sich noch etwas. Ich versuchte zwar angestrengt, etwas zu hören, aber die Kälte des Wassers lenkte mich ab. Dann verschwanden die beiden wieder im Wald.

Lisa und ich machten uns daran, aus dem Wasser zu kommen. Pitschnaß rannten wir zu mir nach Hause. Dort angelangt, machte mir Tami die Tür auf. Sie fragte mich, wo wir waren, doch ihre Frage blieb unbeantwortet.

Wir sausten die Treppe hinauf in mein Zimmer. Dort angelangt, zogen wir die naßen Klamotten aus. Ich schmiß mich in eine trockene, blaue Jeans, dann streifte ich mir noch einen schwarzen Pulli über. In der Aufregung hatten wir vollkommen vergessen, daß wir zweierlei Geschlechts waren, und schauten uns mit hochroten Köpfen an. Also, Lisa sah ja richtig sexy aus, mit naßen Haaren, dem schwarzen BH, und passendem String. „Wow".

Doch der Satz: „Willst du weitergaffen, oder bekomme ich auch was zum Anziehen", ließ mich wieder in der Realität ankommen.

„Tja, wenn du unbedingt meinst, aber wegen mir …"

Als ich ihren bösen Blick sah, sprach ich den Satz lieber nicht zu Ende, sondern reichte ihr eine schwarze Jeans und ein schwarzes Hemd, das sie gleich zum Top umgestaltete. Nun ließen wir uns aufs Bett fallen.

„Was glaubst du, woher die kommen?"

56

„Keine Ahnung!"
Das war alles recht merkwürdig. Wir
starrten an die Decke. Doch plötzlich hörten
wir ein lautes Pochen. Ich schoß mit einem
Satz hoch.
„Was ist?" fragte mich Lisa.
„Pssst!" machte ich nur, und schlich zur
Treppe.
Jetzt hörte ich es wieder. Da war jemand an
der Türe. Wer kann das sein? Jetzt sah ich
Tami aus dem Wohnzimmer kommen.
„Wer ist da?" fragte sie vorsichtig.
„ N'abend, ich hoffe, ich störe nicht?"
antwortete eine, mir nur zu gut bekannte
Stimme, denn sie gehörte unserem
Hausmeister.
Auch Tami kannte sie, und öffnete nun die
Tür. Doch bevor sie etwas sagen konnte,
hörte ich eine weibliche Stimme „Ezanistra"
sagen. Im gleichen Augenblick schoß ein
gelber Blitz von draußen herein, und traf
Tami, die wie ein Stein zu Boden fiel. Nun
kam der Hausmeister herein, gefolgt von
einem großen Schatten, und zwei, mir
bekannten Personen. Es war der
Wolfsmensch, und die rothaarige Frau. Ich
drehte mich um, packte Lisa am Arm, die
neben mir stand, und alles beobachtete, und
rannte mit ihr in mein Zimmer. Dort

verriegelte ich die Tür. Nun noch den großen Schrank davorgeschoben, dann den Schreibtisch. Uns war klar, daß das nicht lange halten würde, aber ein paar Minuten Luft hatten wir doch. Dann sauste ich zum Fenster, dort unten stand Traip, und wartete schon.

„Hast du gesehen, was passiert ist?"

„Ja hab ich. Was ist mit eurer Haushälterin, ist sie tot?"

Super, ich wußte selbst nicht, was das alles bedeutete. Da pochte es an meine Zimmertür.

„Mach auf Junge, wir tun dir nichts?"

Ja klar, und morgen ist Weihnachten, und der Osterhase hilft mit.

„Nein!" schrie ich nur zurück.

Jetzt sah ich etwas Dunkles unter dem Schrank hervorkriechen. Es kam immer näher, das war der Schatten. Wir wichen Schritt für Schritt zurück. Scheiße, draußen stand dieses Ungetüm, und hier der Schatten.

„Was wollt ihr von uns?"

„Nichts! Wir suchen nur ein Versteck." kam von der Frau zurück.

„Dasingon". Im selben Moment explodierte die Tür, und der Schrank, samt Schreibtisch, wurde in Millionen kleine Stücke zerrissen.

58

Jetzt betrat der Hausmeister das Zimmer. Aber heute sah er ganz anders aus, zwar so häßlich wie immer, aber er trug einen schwarzen Samthut, passenden Mantel, ein rotes Hemd, mit goldenen Rüschen, und eine schwarze Stoffhose. Dicht gefolgt von der Rothaarigen, die einen Stab in der Hand hielt, und diesen jetzt auf uns richtete. O.k., das war's, wir sind geliefert. Doch auf einmal geschah etwas völlig Unerwartetes, mein Bett flog durch die Luft, und traf die beiden. Dann sauste etwas an mir vorbei, wirbelte herum, und der Schatten flog im hohen Bogen aus dem Fenster. Ich schaute mich um, aber ich konnte nichts erkennen. Die beiden anderen schafften es, sich wieder aufzurappeln. Nun zog auch Ergat, so hieß der Hausmeister, einen Stab, und richtete ihn auf mich. Irgendwie wurde ich das Gefühl nicht los, daß das kein gutes Ende nimmt. Doch ich täuschte mich wieder mal. Noch ganz in Gedanken, wurden wir von einem grünen, wie soll ich sagen, sah aus, wie ein Kraftfeld, das ich aus „Star Trek" kannte … Cool, kommen jetzt auch noch kleine grüne Männchen …? Ich schaute zu Lisa hinüber, die überhaupt nicht realisierte, was hier passierte. Dann bekam ich ein komisches Gefühl in der Magengegend, ich

59

sackte auf die Knie, und schloß die Augen.
Das Feld um uns wurde immer enger, als ob
es uns zerquetschen wollte. Jetzt merkte ich,
wie mich etwas berührte, aber ich sah nur
das grüne Licht. Dann, mit einem lauten
„Plopp", und einem stechenden Schmerz, in
meinem Bauch, verschwamm alles. Ich
schloß meine Augen, und betete nur, daß
uns nicht allzu viel passieren möge. An
mehr konnte ich mich nicht erinnern.

Der Spurtz

Ein eisiger Schock zwang mich, die Augen
wieder zu öffnen. Ich lag im kalten, nassen
Moos, und neben mir Lisa. Als ich mich
umdrehte, schlug ich mir prompt den
Schädel an einer Wurzel an. Jetzt versuchte
ich mich aufzurichten. Noch etwas leicht
benommen, ließ ich meinen Blick
schweifen. Wir waren auf einmal in einem
großen Wald gelandet. War das etwa der,
hinter dem Haus? Nein, dieser kam mir
irgendwie anders vor. Rings um uns standen
mächtige Bäume, deren Wurzeln aus der
Erde ragten. Sie waren größer als unser
Haus, und dicht mit Blättern bewachsen.
Wo waren wir hier bloß gelandet? Aber die
wichtigste Frage, wie kamen wir hierher?
Jetzt erst bemerkte ich ein kleines Etwas,
das auf einer Wurzel saß, und uns
beobachtete. Es war nicht gerade groß, so
ca. 80 cm, hatte einen dünnen, schwarzen
Körper, mit schmalen Ärmchen und
Beinchen. Darauf saß, ein eher zu groß
geratener Kopf, mit zwei riesigen
Glubschaugen, einer kleinen, runden Nase,
und einem breiten Mund. Seine Ohren

glichen einer Fledermaus. Haare hatte er nur drei, die leicht im Wind wehten. Er trug ein total zerknittertes, weißes Hemd, einen Lendenschurz, aus hellem braunen Fell, und seine Füße steckten in total quietschgrünen Socken. Ich schüttelte erst mal den Kopf - ich glaub das gerade nicht.

„Wer bist du?" fragte ich vorsichtig.

„Ich bin Spurtz der Germling!" sagte er in einem, etwas schrillen Ton.

Er kam mir bekannt vor. Das war doch die Stimme unter meinem Bett.

„Du …, du warst doch unter meinem Bett?"

Das Wesen nickte nur. Jetzt merkte ich erst, daß auch Lisa wach war, und nur noch verdutzt schaute.

„Was bist du nochmal?" fragte sie.

Das Ding guckte jetzt etwas komisch, und zischte: „Ein Germling!"

Hm, also ein Germling, war wahrscheinlich so was Ähnliches wie … ach Mensch, wie hieß der Wicht nochmal? Der mit den roten Haaren, gelbem Shirt und grüner Hose.

„Putzzackel", oder so ähnlich. Der wohnte doch bei dem alten Schreiner, Mensch was war der noch mal? Oh Gott, mein Gedächtnis. Ha, ich hab's, ein Kobold.

„Bist du ein Kobold?" fragte ich vorsichtig. Ich wollte ihn ja nicht verärgern. Doch

wusch, hatte ich Fünfe sitzen. Daß eine so
kleine Hand, eine solche Wucht hat, konnte
ich mir gar nicht vorstellen.
„Spinnst du? Klasse, da rettet man euch
Rotzgören das Leben, und wie wird einem
das gedankt? Man wird auch noch als
Kobold beschimpft. Das ist ja echt die
Höhe!"
Lisa schaute mich nur verdutzt an.
„Mußte das sein?"
Wie, bin ich jetzt wieder schuld. Ich sah
hinüber, zu dem kleinen Wicht, der jetzt
wieder auf seiner Wurzel saß, und uns den
Rücken zeigte.
„He Spurtz, das war doch nicht böse
gemeint, ich bin dir ja dankbar, daß du uns
geholfen hast!"
Jetzt drehte er sich wieder um. Seine Beine
baumelten auf der Wurzel hin und her. Lisa
und ich mußten plötzlich lächeln.
„Wo sind wir denn hier eigentlich?"
„Im verwunschenen Wald!" grinste er.
Klasse, es wird immer besser. Als ich mich
weiter umsah, fiel mir etwas Glänzendes im
Moos auf. Ich stand auf, und ging zu dem
Platz, bückte mich, und untersuchte nun die
Stelle. Tief drinnen steckte etwas, es sah aus
wie ein Dolch. Ich zog ihn heraus und
betrachtete ihn genauer. Er war nicht

besonders lang, tippe mal auf 28 cm, total aus Gold, mit einem schönen, großen, roten Diamanten, der unten am Griff eingearbeitet war.

Der Schaft war mit weichem, grauen Leder überzogen. Ich hielt ihn hoch.

„He, wo kommt der denn her?" rief ich.

Der kleine Kerl zuckte zusammen.

„Der muß in dem Kraftfeld gewesen sein!"

Ich setzte mich nun zu unserem kleinen Retter, und gab ihm den Dolch.

„Du weißt, was das ist, oder?" fragte ich ihn.

Auch Lisa setzte sich zu uns.

Spurtz nickte: „Das ist der Dolch der Verdammten. Ich hielt ihn eigentlich für eine Legende, doch vor ein paar Monaten wurde er gestohlen. Alles ist deswegen in Aufruhr."

Der Dolch der Verdammten? Verdammt, was soll das? Irgendwie kommt mir das alles sehr merkwürdig vor. Ich setzte mich in das weiche Moos, dann steckte ich den Dolch in meinen Gürtel.

„Was machen wir jetzt nur?" sagte Lisa, und schaute mich mit großen Augen an.

Daraufhin sah ich Spurtz an, und fragte: „Wie weit ist es von hier nach Hause?"

Irgendwie gefiel mir sein Gesichtsausdruck

64

nicht. Und das „Oh", das über seine Lippen kam, beunruhigte mich noch mehr.

Mit einem Satz stand ich neben ihm.

„Was heißt da ‚OH'?"

„Na ja, von hier bis dort, wo ihr herkommt, liegen - oje - ach sagen wir einfach, das geht gerade nicht."

„Wie, das geht gerade nicht? Wo sind wir hier?"

„In Terbeslata!" grinste er nur.

Klasse, was zum Teufel war Terbes..., ach, was weiß ich, wie das heißt. Ich merkte, wie ich innerlich kochte.

Doch Lisa schlang nur ihren Arm um mich, und sagte: „Jim, ist schon o.k., reg dich nicht auf!"

Dann wandte sie sich Spurtz zu.

„Kannst du uns sagen, was wir jetzt tun sollen?"

Er lächelte, wie er es schon die ganze Zeit tat.

„Klar, ihr bleibt erstmal in Terbeslata, denn hier seid ihr sicher, sonst hätte ich euch ja nicht herholen brauchen."

Ich beruhigte mich erstmal, und hörte was er zu sagen hatte. Seinen kleinen Hals kann ich ihm auch noch später umdrehen. Er hüpfte von seiner Wurzel, und winkte uns, ihm zu folgen. Irgendwie sah es sehr komisch aus, wie zwei grüne Socken durch das Moos liefen. Wir folgten ihm, vorbei an eigenartig gewunden Wurzeln, schwarzen Bäumen, und einem großen, rot schimmernden See. Nach knapp einer Stunde erreichten wir einen Sandweg, der aus dem Wald führte. Es wurde auch Zeit, da es von Minute zu Minute dunkler wurde, und als wir den Waldrand erreicht hatten, bereits Nacht war. Wir gingen den Weg weiter, bis wir zu ein paar kleinen Hütten kamen. Doch irgendwie reichten die mir nur bis zur Schulter. Hm, wie groß, dann erst die Bewohner sind? Aber es gibt Fragen, die beantworten sich, wie immer, von allein. Denn während ich das noch dachte, schossen schon die Türen der Häuser auf, und kleine Gestalten kamen auf uns zu. Sie waren knapp so groß wie Spurtz, hatten aber hellbraune Haut, und schwarze, kurze Haare. Ihre Ohren waren groß wie Bierdeckel, im Gesicht hatten sie viele Sommersprossen, eine runde, braune Nase, kleine, schmale Augen und ein längliches Kinn. Sie trugen eine braune Felljacke ohne Ärmel, und einen passenden Lendenschurz. So konnte man noch ihre dürren Ärmchen und Beinchen sehen. Auch ihre Füße steckten in Fellschuhen.

66

Jetzt hörte ich Spurtz rufen: „Da haste deine Kobolde! Und, sehe ich denen etwa ähnlich?"

Er hatte recht, die sahen ganz anders aus. Lisa schaute sich fragend um, aber Spurtz packte uns an den Beinen, und zog uns wieder aus dem kleinen Dorf heraus. Dann zeigte er in die tiefschwarze Nacht, in der man nur einen Umriß von einem Berg erkennen konnte. „Dort müssen wir hin."

Klasse, das ist ja gleich um die Ecke.

„Und was wollen wir da?" fragte ich vorsichtig.

„Dort ist mein Zuhause."

„Wie lange werden wir brauchen?"

„Knapp zwei Tage!"

„Und wo sollen wir heute schlafen?"

„Ich kenne ein gutes Versteck, nicht weit von hier."

Dann setzten wir unseren Marsch fort. Lisa und ich, trotteten Spurtz fast zwei Stunden hinterher. Beinahe wären wir über ihn geflogen, als er plötzlich stehenblieb, denn wir waren so damit beschäftigt, auf den Weg zu starren, daß wir nichts bemerkten.

Spurtz' Blick richtete sich auf einen großen Baum, der aussah, als rage er in den Himmel hinein. Sein Stamm war fast so dick, wie bei uns ein Einfamilienhaus.

67

Spurtz machte ein paar Schritte auf ihn zu. Dann sprach er: „Fregantes", und am Baumstamm leuchtete plötzlich der Umriss einer Tür auf.

Er klopfte dagegen, und sie öffnete sich.

„Nun kommt."

Dann verschwand er in dem Baum, wir natürlich gleich hinterher. Erst trat Lisa ein, anschließend ich. Mit einem leisen „Zisch …" schloß sich die Tür wieder, und ein mattgrünes Licht, erhellte das Innere. Hier war es so geräumig, daß wir doppelt so viel Platz hatten, wie in meinem Zimmer. Die innere Rinde war glatt, und wirkte abgeschliffen. Die Baumkrone war offen, so daß man den Himmel sehen konnte. Doch das grüne Licht kam nicht von oben, nein, im Stamm steckten lauter kleine Kristalle, die, durch die Kraft der Sterne, leuchteten. Auch im Inneren hatte der Baum dünne, lange Äste. Es war ein toller Anblick. Spurtz flüsterte ein paar Worte, die ich diesmal nicht verstand, weil er sie eher hauchte, als flüsterte. Die dünnen Äste formten sich auf einmal zu Gebilden, die Hängematten ähnlich sahen.

„Nun legt euch nieder, wir haben morgen einen weiten Weg vor uns."

Gesagt, getan. Wir ließen uns auf die

Zweige fallen. Lisa schlief recht schnell ein,
Spurtz kletterte nach oben, in die
Baumkrone, und pennte dort, auf einem
großen Ast. Ich aber lag wach, und starrte in
den Himmel. Viele Gedanken schoßen mir
durch den Kopf. Was sollten wir hier? Was
waren das für Wesen in seiner Welt? Wie
konnte Spurtz uns hierherbringen? Fragen
über Fragen, doch darauf wußte ich keine
Antwort. Ich merkte wie meine Augen
schwer wurden, und auf einmal zufielen.
Ein Sonnenstrahl, der mir ins Gesicht
leuchtete, weckte mich aus meinen
Träumen. Ich kletterte aus meinem
Schlafplatz, und schaute mich um. Wo war
Lisa? Als ich nach oben sah, merkte ich,
auch Spurtz war weg. Dann suchte ich den
Baumstamm nach der versteckten Türe ab,
doch ich konnte sie nicht finden. Ich
sammelte meine Gedanken. Was hatte der
kleine Gnom nochmal gesagt? Fre…
Freeante, ne, das war's nicht. Fre… Fre…,
ah jetzt, Fregantes, das war's.
Ich sprach es laut aus: „Fregantes", und
schwupp, erschien die Tür.
Ich stieß sie auf, und schaute nach draußen.
Da war ein Tal, wie ich es bei uns noch nie
gesehen hatte. Das Gras schien viel grüner,
und der See, der jetzt vor mir lag war,

schimmerte in purem Gold. Es war wunderbar. Ich ging ein paar Schritte, und tauchte meine Hände in das Wasser, es war warm. Dann wusch mir den Schlaf aus den Augen, und blickte umher. Hier wuchsen seltsame Blumen, einige sahen aus wie große, rosa Kelche, andere wie gelbe Glocken, die an einem dünnen Faden, aus der Erde wuchsen. Doch am schönsten waren die Roten. Aus fünf zarten Blättern, bildeten sich eine Art Kelch, aus dem ein dünner, gelber Stiel, mit einem weißen, kissenähnlichen Gebilde ragte. Der Stängel, aus dem die Blätter wuchsen, war hellgrün, und nicht dicker als eine Stricknadel. Bei jedem Windstoß, schwangen die Blüten anmutig hin und her. Sie hypnotisierten einen fast schon, und ich ließ erst meinen Blick von ihnen, als ich eine Hand auf meiner Schulter spürte.

„Na, Langschläfer, auch schon wach?" Mit einem langen Gähnen, beantwortete ich Lisas Frage. Im selben Augenblick kam auch Spurtz auf mich zu. Er drückte mir etwas in die Hand, das so ähnlich wie Brot aussah. Aber das Wort ähnlich, trifft es nicht ganz genau, denn ich habe noch nie etwas so widerliches gegessen. Bäh! Aber ich fragte ihn lieber nicht, was das war, sondern

würgte jeden Bissen mit einem Lächeln
hinunter. Denn eines hatte ich gelernt, daß
man es sich nicht mit jemandem verscheißt,
auf dessen Hilfe man angewiesen ist. Aber
irgendwie hatte ich heute kein Glück.
„So ihr beiden, ab jetzt müßt ihr ohne mich
weiter, denn ich habe noch etwas
Dringendes zu erledigen. Folgt einfach dem
Weg, bis es dunkel wird, dann sucht einen
Baum wie diesen, und legt euch schlafen.
Morgen bin ich wieder da."
Wir nickten nur.
„Ach ja, das Wort für die Schlafstätte heißt:
„Jemleres at jedrasters."
Und mit einem „Plopp", und etwas blauem
Nebel, verschwand Spurtz. Klasse, nun sind
wir in einer fremden Welt auf uns allein
gestellt. Ah, ich hatte plötzlich
Kopfschmerzen, mein Schädel schien fast zu
explodieren, dann hörte ich eine Stimme.
„Ach ja, und bitte sprecht nicht mit
anderen."
„Mensch Spurtz, das tat weh!"
„Jepp, ich weiß."
„Geht das auch ohne Schmerzen?"
„Klar, ist aber halb so lustig."
Dann hörte ich noch ein Kichern, und schon
war er weg. Der Schmerz blieb aber noch
etwas, was für ein Glück auch.

71

Den halben Vormittag trotteten Lisa und ich den Weg entlang. Wir unterhielten uns kaum. Ich vermute, jeder dachte einfach nur über all das nach, was passiert war. Lisa machte plötzlich halt, und zeigte auf etwas, das hinter den großen Büschen stand. Ich mußte mich sehr konzentrieren, bis ich etwas erkennen konnte. Es ging mir bis zur Schulter, aber es erinnerte mich an kein Tier aus unserer Welt. Es hatte etwas von einen Pferd, aber ein bißchen Hirsch war auch dabei. Schlank von Statur, mit einem schwarzblau schimmernden Fell, und einem prächtigen Geweih.

„Das ist ein Persus", flüsterte mir eine piepsende Stimme ins Ohr.

Ich erschrak so, daß ich einen Satz nach hinten machte, und dieses Persus das Weite suchte. Was war das? Ich sah mich um, doch ich konnte nichts erkennen.

„Hu, hu, hier oben!"

Meine Augen suchten nun den Himmel ab. Da, mein Blick blieb an einem kleinen Etwas mit Flügeln hängen. Ich streckte meine Hand aus, und das Ding landete auf ihr. Jetzt konnte ich es genauer betrachten.

„Ich bin eine Elfe!" piepste es mir entgegen.

O.k, jetzt stand also eine Elfe auf meiner Handfläche. Normalerweise stellt man sich

Feen etwas anders vor. Wenn man einen Fantasy-Roman aufschlägt, sind Feen immer hübsche, zierliche Geschöpfe, mit langen, seidigen Haaren, leicht spitzen Ohren, und sie tragen immer hübsche, lange Kleider. ... Also, das mit den spitzen Ohren stimmt schon mal. Aber mit dem Rest, liegt ihr ja sowas von daneben, denn das kleine Ding hier hatte schwarze, zerstrubbelte Haare, und ein schmales, blasses Gesicht. Seine Augen funkelten giftgrün, die Lippen waren mit schwarzem Lippenstift bemalt. Obenrum trug sie nur einen schwarzen Spitzen-BH, und ihr Bauch war mit schwarzen Ornamenten verziert. Dann kam ein Minirock, natürlich in derselben Farbe, wie der BH. Ihre kleinen Füße steckten in hübschen Schuhen, mit Bändern, bis hoch zu den Oberschenkeln. Die Flügel waren recht groß und durchsichtig. Na ja, auf irgendeine Weise, sah sie ja ganz niedlich aus. Doch als sie den Mund aufmachte, konnte ich oben und unten spitze Eckzähne erkennen.

„Ich bin Sliss."

„Sliss?"

„Ja, Sylvia Latina Isabella Sandra Simerina, also einfach Sliss, kapische?"

„O.k., ich bin Jim, J wie der Anfang von Jim,

I wie das Mittelteil von Jim, und M wie das Ende von Jim."

„Ach ja, und die, die gerade so dumm auf meine Handfläche starrt, ist Lisa."

„Hi Lisa!" sagte Sliss, und winkte ihr zu.

„So, und nun sag mal, du bist doch keine normale Elfe oder?"

„Hm, na ja, eher eine Vamp-Elfe, hab leider mal Vampirblut getrunken. Aber an genaueres kann ich mich nicht erinnern, nur, daß ich seitdem richtig Lust auf diese „rote Flüssigkeit" verspüre. Aber he, keine Angst, zum anderen Teil bin ich eine wirkliche Elfe, das heißt, mir schmeckt nur Tierblut ."

Aha, jetzt bin ich schlauer. Plötzlich spürte ich einen Finger, der sich in meinen Oberarm bohrte. Ich wandte mich zu Lisa, die mich gerade so traktierte.

„Was ist denn?"

„Sagte Spurtz nicht, wir sollten mit NIEMANDEM reden?"

„Ups, aber die ist ja so winzig, die sieht man ja kaum."

„Hu, hu, ich bin auch noch daaaaa!" piepste mir Sliss ins Ohr.

„Was macht ihr jetzt, wo wollt ihr hin, wieso seid ihr hier? Und, weißt du, daß du niedlich bist."

74

„Redest du immer so viel?" fragte Lisa zickig.

„Nein, eigentlich nicht, na ja, also nur wenn ich jemanden finde, der sich mit mir unterhält. Also nicht, daß ich keinen kenne ..."

„Stopp!!! Luft anhalten!" schrie ich.

„Das ist ja nicht zum Aushalten. Sliss, langsam reden, mir pfeifen schon die Ohren."

Lisa packte mich am Arm, und zog mich mit.

„Sorry Sliss, wir müssen gehen. Aber viel Spaß noch, bei allem, was immer du auch vorhast."

Wir gingen ein paar Schritte, als ich Sliss' piepsende Stimme wieder hörte.

„Wohin geht ihr? Darf ich euch etwas begleiten?"

„Nein", schrie Lisa ihr entgegen.

So kannte ich sie ja gar nicht. Ich hielt meine Hand auf, und Sliss landete wieder auf ihr.

Ich schaute zu Lisa hinüber, die gerade ihr Gesicht verzog.

Dann hörte ich einen leichten Seufzer.

„O.k., kann ja ganz praktisch sein, jemanden zu haben, der sich hier auskennt."

Und so zogen wir drei weiter. Lisa ging neben mir, und Sliss saß auf meiner Schulter, und lächelte vor sich hin. Lisa schwieg den ganzen Weg entlang, bis wir einen geeigneten Baum fanden. Wir öffneten seine Tür, und sagten den Spruch, der uns sofort unsere Schlafplätze aus Ästen formte. Dieser Baum war kleiner als der andere, und damit auch etwas enger. Lisa schlief ganz dicht bei mir, und Sliss suchte sich eine großen Ast. Als der erste Lichtstrahl durch die Baumkrone fiel, wachte ich auf. Lisa lag noch dicht neben mir, und Sliss hing in ihrem Ast, obwohl ich mir nicht vorstellen konnte, daß das besonders bequem war. Ich stand auf, öffnete die Tür, und ging nach draußen. Hier sah ich eine Menge alter Baumstümpfe, deren Äste seit einiger Zeit abgeholzt waren. Ich setzte mich auf den größten, und schaute mich um. Wir waren kurz vor einem großen Wald, und unser Weg führte genau dorthin. Etwas weiter, von unserem Lager entfernt, sah ich einen kleinen See. Also, wenn ich klein meine, dann meine ich richtig klein, also ein Weiher, ist eigentlich schon zu groß. Ich setzte mich ans Ufer, und starrte Löcher in die Luft, bis ich ein leises Flügelschlagen vernahm.

„Hallo Sliss, gut geschlafen?"

Na ja, ich glaube, ihr Aussehen beantwortete meine Frage von selbst. Also, ihre Haare sahen ja vorher schon schlimm aus, aber jetzt!!! Ihre Augen waren noch fast geschlossen, und sie hing wie ein nasser Sack in der Luft. Es wirkte irgendwie ulkig. Sie surrte an mir vor bei, und ließ sich ins Wasser fallen. Mit einem lauten Platsch war sie verschwunden. Ich stand auf, und schaute, wo sie hineingeplumpst war, aber ich konnte nichts erkennen.

„Sliss?" rief ich.

Aber es rührte sich nichts. Ich rief noch einmal, doch wieder keine Antwort. Ich wollte gerade hinterherspringen, als ich einen kleinen Kopf sah, der aus dem See guckte. Dann merkte ich, wie mich ein Strahl mitten ins Gesicht traf. Die kleine Hexe spuckte mir doch tatsächlich Wasser ins Gesicht. Dann schwamm sie ans Ufer, und lächelte mich an. „Guten Morgen!" grinste sie jetzt.

Ich stellte mir gerade vor, wie ich ihren kleinen Kopf in meiner Hand zerquetsche, doch dann merkte ich, daß auch Lisa wach war. Ich drehte mich zu ihr um.

„Na, munter?"

Gähn ... „Es geht schon."

Dann setzte sie sich neben mich. Sliss
schüttelte sich wie ein nasser Hund, und
hüpfte auf meine Schulter. Plötzlich machte
es „Plopp", und Spurtz stand vor uns.

„Da bin ich wieder, irgendwelche .... He,
stopp mal, was ist das???"

Mit einem entgeisterten Blick starrte er
mich an, und zeigte auf meine Schulter. Ich
schaute mit Absicht weg.

„Was, wo, ich seh nix."

„Andere Seite!"

Ich drehte mich von links nach rechts,
während Sliss über meinen Kopf flog, und
sich gegenüber niederließ.

„Wo?"

Mit einem Griff packte er Sliss, die gar nicht
so schnell reagieren konnte, und hielt sie
mir vors Gesicht.

„Das da!" und wedelte mit der Elfe vor
meinem Gesicht.

Ich glaubte, erkennen zu können, daß sich
ihr Gesicht grün färbte.

„Ach das, das ist Sliss, eine Elfe, dachte, du
kennst Elfen."

„Ja, kenn ich!

Aber 1. ist das keine richtige Elfe, sondern,
ach, was weiß ich was …

Und 2., hab ich nicht gesagt, ihr sollt mit

niemandem reden."

Dann setzte er Sliss ab, die sofort hinter einem großen Baumstamm verschwand. Währenddessen zuckte ich nur mit den Schultern, und hoffte, daß das Spurtz als Antwort genügte. Gott sei Dank, ging er auch nicht näher darauf ein.

„Wir müssen aufbrechen, schnell!" sagte er nur, und packte uns an den Armen.

„Spurtz, was ist los?" fragte Lisa.

„Sie sind schon hier, und suchen euch, wir müssen also schnell machen."

Ich hörte etwas Verzweiflung in seinen Worten, also brachen wir sofort auf. Ich pflückte Sliss hinter dem Baum hervor, und setzte sie auf meine Schulter, dann gingen wir weiter den Weg entlang. Spurtz erzählte uns, daß hier alle in heller Aufruhr waren, denn der Dolch der Verdammten, war aus seinem Versteck verschwunden. Scheiße, den Dolch hatte ich ja vollkommen vergessen. Ich nahm ihn hervor, und begutachtete ihn.

„Steck das Ding weg!" schrie Spurtz mich an.

Ich tat was er sagte, ohne nachzufragen.

Der Dolch der Verdammten.

Als ich Spurtz immer wieder löcherte, fing er endlich an zu erzählen.
„O.k, dann fangen wir mal ganz von vorne an."
Vor 830 Jahren wurde ein Junge, genannt Merte, in einem armen, kleinen Dorf, namens Jesam geboren. Der Ort bestand aus knapp 300 Häusern, nahe dem schwarzen Wald. Doch Merte sah nicht wie die anderen Kinder aus. Er war zierlich gebaut, hatte schwarzes, langes Haar und seine Haut schimmerte recht blaß. Seine Klamotten trug er mindestens drei Nummern zu groß, da die Eltern sehr arm waren, und sich nicht viel leisten konnten. Deshalb wurde Merte auch von den anderen Kindern gehänselt, und sogar mit Steinen beworfen. Ihn störte das jedoch nicht, denn er liebte seine Eltern, und sie liebten ihn.
An Mertes 15. Geburtstag, wollten ihm die anderen Kinder einen Streich spielen, und zündeten sein Baumhaus an, an dem er und

sein Vater viele Jahre gebaut hatte. Da es schon lange nicht mehr geregnet hatte, breitete sich das Feuer sehr schnell aus, und brannte nicht nur das Baumhaus nieder, sondern auch das Wohnhaus der Familie. Mertes Eltern kamen dabei ums Leben. Man dachte, daß auch Merte in dem Haus war, doch da irrten sie sich, denn er konnte sich mit knapper Not aus den Flammen retten, und sich in den schwarzen Wald schleppen. Er hatte schwere Verbrennungen im Gesicht, und am restlichen Körper.

Ein Magier, der auf der Suche nach seltenen Kräutern war, fand Merte. Er nahm ihn mit zu sich, auf die andere Seite des Waldes, und verarztete ihn. Als er Merte gesundgepflegt hatte, bat er ihn zu bleiben, und bei ihm in die Lehre zu gehen. Merte, der keinen Menschen mehr hatte, überlegte nicht lange und stimmte zu. Die nächsten zehn Jahre, lernte er bei dem Magier alles über die Zauberkunst.

Doch Merte hatte sich verändert. Der Tod seiner Familie machte ihn gefühllos, er dachte sogar an Rache, doch dann schob er den Gedanken beiseite, und widmete sich wieder seinen Studien. Nachdem Merte mehr als 30 Jahre bei seinem Meister verbracht hatte, starb dieser. Magier werden zwar auf Grund ihrer Kräfte sehr alt, aber eben nicht unsterblich. Merte war sehr begabt, und lernte schnell. Da er auch einen guten Lehrer hatte, wußte er bald mehr über Weiße und Schwarze Magie, als die meisten anderen Zauberer. An seinem 50. Geburtstag verließ er die Behausung seines Mentors, und zog durch die Welt, um in fremden Ländern weiterzustudieren. In einem Wüstenland erfuhr er, daß es ein Magier vor langer Zeit geschafft hatte, unsterblich zu werden. Dieser erschuf einen Diamanten, und verbarg dort ein Stück seiner Seele. Sowenig wie sich der Diamant veränderte, veränderte sich nun sein Körper, und er war unsterblich. Doch sollte man den Diamanten zerstören, würden ihn die Jahre schnell einholen, und der Zauberer würde zu Staub zerfallen.

Die meisten hielten das für eine Legende, nur Merte nicht. Von da an, suchte er nach dem Diamanten. Die Vorstellung unsterblich zu sein, trieb ihn nur noch mehr an. Dann verschwand er von der Bildfläche. So eigenartig sein Verschwinden war, so plötzlich tauchte ein neuer Magier auf. Er war groß und stattlich, hatte weißes, langes Haar, und eine lange Narbe zog sich von seiner Stirn, über das linke Auge, bis hin zum Kinn. Doch wenn man ihm ins Gesicht schaute, bemerkte man diese nicht, da er strahlend blaue Augen hatte. Er trug einen schwarzen Mantel mit goldenen Sternen, in seinem Gürtel steckte ein Dolch mit einem eingearbeiteten, roten Diamanten. Der Magier nannte sich Regan, und sah nicht älter als Dreißig aus. Zum ersten Mal wurde er in einem Dorf namens Jesam gesehen. Als er wieder verschwand, brannte das Dorf bis auf einen kleinen Fleck total nieder, und alle Menschen starben einen qualvollen Tod. Mann konnte ein höllisches Lachen durch den dunklen Wald vernehmen. Auf dem kleinen Stück, das verschont wurde, lag ein Grabstein, mit der Aufschrift: „ Hier ruht meine Vergangenheit. Für immer!" Nun setzte er sich zum Ziel, der mächtigste Hexer zu werden, den die Welt je gesehen hatte. Dort, wo einst das Dorf stand, errichtete er eine große, schwarze Festung, und der Stein war Mittelpunkt seines großen Vorhofes. Regan widmete sich nun seinen Studien. Es waren bereits 300 Jahre vergangen, und er zog viel Aufmerksamkeit auf sich, da er kein Jahr älter wurde. Das machte ihn, natürlich auch für viele andere Zauberer interessant, die nun hinter sein Geheimnis kommen wollten. Eines Tages erschien ein Magier, namens Gresta, auf der Burg, um Regan ein paar neue Bücher zu bringen. Doch das war nur ein Vorwand, um an dessen Geheimnis zu kommen. Er bot ihm sogar an, ein paar Tage zu bleiben, um ihn bei seinen Studien zu helfen. Nachts, während Regan schlief, durchsuchte Gresta seine Festung, doch er wurde nicht fündig. Voller Wut, stieß er die Tür zu Regans Zimmer auf, und wollte ihn zwingen, sein Geheimnis zu verraten, doch dieser lachte nur. Das machte Gresta noch wütender. Er zog ein Messer aus seinem Gürtel, und griff seinen Rivalen an. Doch Regan fand es nur lustig, da er ja unsterblich war. Der Kampf dauerte nicht lange, und Gresta war besiegt. Regan erstach ihn mit seinem Dolch. Doch was er vorher nicht wußte, war, daß der Dolch die restliche Lebensenergie von Gresta aufsaugte, und diese auf ihn übertrug. Das fühlte sich so überwältigend an, daß er mehr davon wollte. Er spürte, wie die einstige Kraft seines Gegners, seine eigene stärkte. Seine Haut sah jünger aus, und seine Narbe im Gesicht verblasste. Es schlummerte schon immer etwas Böses in ihm, doch bisher hatte es unter Kontrolle. Damals, als er das Dorf vernichtet hatte, überkamen ihn Haß-, und Rachegefühle.

Das war jedoch das einzige Mal. Er unterdrückte den Gedanken, daß es ihm gefallen könnte, jemanden zu töten. Doch nun fühlte es sich gut an. Es war nicht nur Befriedigung, sondern der Geschmack von absoluter Freiheit und Macht. Er wurde besessen davon, und tötete viele andere Magier. Ab sofort, waren nicht nur Hexer sein Ziel, sondern auch andere Wesen mit besonderen Fähigkeiten. Elfen gaben ihm die Kraft zu fliegen, Elben die Kraft, besser zu sehen, und Golems die Stärke. Er tötete nun wahllos Wesen, nur um seine Sucht zu stillen, doch je mehr er umbrachte, umso stärker wurde sie. Er trieb fast 200 Jahre sein Spiel. Viele Menschen, Elben, Elfen und Zwerge versuchten ihn zu bekämpfen, doch alle scheiterten. Sogar die besten Zauberer konnten nichts gegen ihn ausrichten. Doch durch Zufall, bemerkte einer von ihnen den Dolch, den Regan immer mit sich trug. Ihm fiel der Diamant am Griff auf, der immer dann leuchtete, wenn er jemanden damit erstach. Das mußte das Geheimnis sein! Regan bezog seine Kraft aus dem Diamanten. Der Magier hatte nur eine Chance es herauszufinden. Er stellte sich, mit seinem Schwert bewaffnet, Regan in den Weg. Der Kampf dauerte nicht lange, und er lag auf dem Boden. Mit dem Dolch in der Hand, bückte sich Regan nun über ihn, bereit zuzustechen, dabei bemerkte er die Elfe nicht, die schon die ganze Zeit den Kampf beobachtet hatte. Sie summte um sein Gesicht herum, und lenkte ihn dadurch ab. So schaffte es der Magier, ihm den Dolch aus der Hand zu schlagen. Regan schrie wütend, schlang beide Hände um den Hals des Zauberers, und erwürgte ihn. Er hatte leider seinen Gefühlen nachgegeben, als er den Zauberer erwürgte, und sich dabei nicht um die Elfe kümmerte, die sich den Dolch schnappte, und damit verschwand. Was Regan auch nicht wußte, daß sein Körper nachläßt, und er an Kraft verliert, wenn der Dolch nicht mehr in seinem Besitz ist. So wurde aus Regan ein alter, gebrechlicher Mann. Doch, wie gesagt, er verlor viel von seinen magischen Kräften, jedoch nicht die Unsterblichkeit. Der schwarze Wald, der bisher nur um die Burg zu finden war, umschloß diese jetzt, so daß sie nicht mehr zu sehen war. Viele komische Kreaturen wohnten nun im Unterholz, und verhinderten, daß irgendjemand zur Festung vordringen konnte. Da es noch niemandem gelungen war, den Dolch zu zerstören, wurde er

86

versteckt, damit Regan ihn nie wieder zurückbekam. Doch dieser hatte seine Spione überall, und so geschah es, daß seine Leute den Dolch fanden. Und diesmal war es für Regan schlimmer als nur Rache es war Hass, er wollte alle Bewohnern dieser Welt vernichten.

Morgan der Alchimist.

Während Spurtz erzählte, hielt ich kurzzeitig die Luft an. Dann schaute ich zu Lisa, die mich nur anstarrte.

„Und, was tun wir jetzt?" fragte Lisa, und nahm mir die Worte aus dem Mund.

Darauf Spurtz: „Wir müssen in die Berge, dort wohnt ein Alchimist, der uns vielleicht helfen kann."

Also machten uns auf den Weg. Diesmal legten wir einen Zahn zu, um schneller an unser Ziel zu kommen. Die Strecke war lang und steinig, bis wir die ersten Hügel vor uns sahen. Endlich machten wir eine Pause. Ich fiel vor Erschöpfung auf den Boden, und hätte beinahe Sliss zerquetscht. Lisa plumpste neben mich, und auch Spurtz merkte man seine Müdigkeit an. So viele Kilometer wie heute, habe ich noch nie zurückgelegt. Mein Blick ging erst zu Sliss, die vergnügt in der Weltgeschichte herumschwirrte, dann zu Lisa, die auf dem Rücken lag, und in den Himmel starrte. Als nächstes fiel mein Blick auf die Berge, die zum Greifen nah waren.

„Knapp vier Stunden noch, dann haben wir

den Germe-Paß erreicht." bemerkte Spurtz.
O.k., 4 Stunden, das könnten wir schaffen,
bis es Nacht wird. Ich richtete mich auf,
fing Sliss ein, setzte sie wieder auf meine
Schulter, dann reichte ich Lisa die Hand,
zog sie hoch, und sagte: „Na, dann laßt es
uns hinter uns bringen."
Wir marschierten also weiter, nicht zu früh
wie ich merkte, denn es wurde langsam
dunkel. Hm, ich dachte eigentlich nicht,
daß es schon so spät war, aber die Zeit
verging ja wie im Flug. Ich blickte hoch, wo
die Sonne stand. Jetzt war ich erleichtert,
denn es dämmerte nicht, sondern eine
schwarze Wolke verdeckte sie. Puh, ich hatte
schon gedacht, wir schaffen es nicht
rechtzeitig zu den Bergen.
Aber stopp mal, für eine Wolke bewegt sie
sich etwas schnell. Jetzt war ein großer
Schatten über uns. Ich tippte Spurtz auf die
Schulter. Er starrte mich an, doch ich zeigte
nach oben.
„Leefnes, scheiße, legt euch auf den Boden,
schnell!"
Wir schmissen uns mit voller Wucht in den
Kies. Das war keine angenehme Erfahrung,
glaubt mir. Der Schatten zog noch sechs
Mal über unsere Köpfe hinweg, bis wir es
wagten, wieder nach oben zu sehen.

Als wir noch einige Minuten gemütlich auf dem Boden lagen, und warteten, sagte Spurtz: „Ihr dürft euch nicht bewegen." Klasse Spurtz, als wenn wir das nicht schon selber rausgefunden hätten, nachdem wir mit 'nem „Hechter" auf dem gemütlichen Kies gelandet waren. Nach einiger Zeit, verließen wir dann doch unsere Deckung.
„Was waren das für Dinger?" fragte Lisa.
„Leefnes. Das sind Schattenalpe!"
„Schatten.. was?" warf ich ein.
Spurtz erklärte uns nun, mit wem wir es zu tun hatten. Schattenalpe sind nicht größer, als unsere sogenannten Rotkehlchen, sie schauen nur ein bißchen anders aus. Ihr Federkleid besteht aus schwarzen, kleinen Messern, die Klauen sind grün, mit 6 cm langen, giftigen Krallen, und ihre Köpfe etwas größer, mit spitzen, silbernen Schnäbeln. Sie haben keine Augen, sondern ein eingebautes Radar, und nehmen damit alles wahr, was sich bewegt.
„Er weiß, daß wir hier sind!"
„Der Magier Regan?"
„Ja!"
Das trieb uns jetzt noch schneller an. Wir rannten schon fast in Richtung Berge. Immer wieder mußten wir es uns auf dem Boden bequem machen, weil die Leefnes

weiter ihre Angriffe flogen. Ich merkte, daß ihr Schwarm immer größer wurde. Beim letzten Mal zählte ich 134 Stück, von diesen scheiß Dingern. Als wir nach knapp drei Stunden, endlich den Paß erreicht hatten, konnten wir aufatmen. Vor uns ragten nun große, schwarze Berge in den Himmel. Rechts und links sah man nur steile, glatte Felswände, bis auf einen schmalen Pfad. Vorsichtig betraten wir diesen, Spurtz ging als erster, dann Lisa, und ich bildete das Schlußlicht. Jetzt wurde es langsam richtig dunkel, so daß ich mir Mühe geben mußte, die Beiden nicht zu verlieren. Nachdem wir alle etwas angeschlagen waren, ging es nur langsam vorwärts. Von oben fiel das Mondlicht herein, so daß man zwar nicht viel, aber wenigstens etwas sehen konnte. Endlich entdeckten wir eine kleine Höhle. Sie ging nicht sehr tief in den Berg hinein, doch als Nachtquartier reichte sie aus. Aber Feuer machen, trauten wir uns lieber nicht. Wir hatten zwar schon seit längerem keine Leefnes mehr gesehen, aber wir wollten auch kein Risiko eingehen. Mit der Nachtwache wechselten wir uns alle drei Stunden ab. Als endlich die Sonne aufging, machten wir uns wieder auf den Weg. Also eines muß ich hier anmerken, soviel wie in

91

der letzten Tagen, bin ich echt noch nie
gelaufen. Aber ich will mich nicht beklagen,
ist alles besser, als tot. Am Ende des Pfads
war eine große Lichtung, auf der sechs
Bäume standen. Sie waren wie ein „V"
angeordnet, und in der Steilwand dahinter,
sah man eine silberne Tür. Diese war nicht
größer, als eine gewöhnliche Haustür, doch
sie hatte schöne Ornamente in der Mitte.
Ein großer Stierkopf ragte aus ihr hervor,
und in seinem Maul war ein schwarzer Ring
befestigt.
Spurtz zeigte auf diesen, und meinte: „Jim,
könntest du, ich bin zu klein."
Ich nahm den Ring in die Hand, und
klopfte so kräftig, daß es von den Bergen
widerhallte. Langsam, und mit einem
knarrenden Geräusch, öffnete sich die Tür.
Ein breiter Gang führte nun in das Innere
des Berges. Links an der Wand entzündete
sich plötzlich, wie von Geisterhand, eine
Fackel. Ich nahm sie von der Wand und
ging voraus.
„Du Spurtz, ich muß dir noch was sagen,
bevor wir weiterlaufen!"
„Jetzt nicht, wir müssen uns beeilen.
Kommt jetzt, dafür ist später noch genug
Zeit."
O.k., dann nicht. Also schwieg ich, und ging

weiter.

Nach ein paar Schritten kam schon eine Treppe, die nach oben führte. Als wir es endlich geschafft hatten, also völlig außer Puste, und 267 Stufen später, aber wer zählt denn schon, landeten wir in einem großen, hell erleuchteten Raum. Dieser erinnerte mich schlagartig an ein Museum. Überall standen Vitrinen, mit irgendwelchen Zeug drin, aber nichts, was ich schon mal gesehen hätte. Die Regale an den Wänden, waren vollgestopft, mit dicken, alten Büchern, und drei schwarze Marmorsäulen zierten den Raum. Überall in der Wand steckten große, weiße Diamanten, die das Zimmer erhellten, ebenso in der Decke. Diese waren aber viel kleiner, so daß es auf den ersten Blick, wie ein Sternenhimmel aussah. In der Mitte hing ein großer, gelbgrün schimmernder Rohdiamant, an einer dicken Kette, von der Decke herunter. Er hatte die Größe eines Kleinkindes. Der Boden war mit verschiedensten Runen übersät. Auf der linken Seite des Raumes, konnte man zwischen den Regalen, eine goldene Tür sehen. Auf der rechten Seite war ein großer, offener Kamin, in dem ein Feuer brannte. Davor stand eine Mischung aus Sessel und Thron, in dem ein alter Mann mit weißen, langen Haaren saß. Außer seinem grünsilbernen Mantel, konnten wir von hier aus nichts erkennen.

„Meister Morgan, wir sind hier!" rief Spurtz, mit einem Funkeln in den Augen. Nun bewegte sich der alte Mann, stand von seinem Sitz auf, und kam auf uns zu. Er war deutlich älter, als es vorher den Anschein hatte. Auch so groß, hatte ich ihn mir nicht vorgestellt. Sein weißes, glattes Haar hing ihm bis zur Schulter. Er hatte ein längliches Gesicht, mit einem weißen, langen Bart, und dicken weißen Augenbrauen. Die dunkelbraunen Augen wirkten eingefallen, und sein Gesicht wies viele Falten auf. Von der Statur her, sah er eher wie ein gebrechlicher, alter Mann aus, denn er ging etwas gebückt. Sein grünsilberner Mantel hing an ihm, als wäre er zwei Nummern zu groß. Ein lederner, schwarzer Gürtel war um seine Hüfte gebunden. Darin steckte ein Dolch, ganz in Gold. Beim Gehen stützte er sich auf einen Stock, der eher an eine Wurzel erinnerte. Seine bleichen, schmalen Finger umklammerten ihn, wie Klauen. Da fiel mir erst auf, daß das bißchen Haut, das man sehen konnte, fast weiß war, als wäre sie aus Papier. Er kam, mit kleinen Schritten, immer näher. Lisa stand nun so dicht hinter mir, daß ich ihren Atem im Nacken spüren konnte. Sliss saß noch immer auf meiner Schulter, wie könnte es auch anders sein. Nun stand Mr. Morgan direkt vor uns. Er streckte seine Hand aus, und sprach mit tiefer Stimme - also ganz ehrlich, die hätte ich ihm jetzt nicht zugetraut.

„Du hast etwas, was ich mir ansehen sollte!"

Hörte ich da so einen klitzekleinen Befehlston? Den kann ich ja auf den Tod nicht ausstehen.

Dann winkte mir Spurtz zu, ich möge langsam in die Gänge kommen! Komisch, daß es alle so eilig haben? Aber o.k., ist mir doch egal. Also nahm ich den Dolch aus meiner Tasche. Ich hatte ihn noch nicht mal ganz hervorgeholt, da griff Morgan schon danach, und riß ihn mir aus der Hand. Er hielt ihn hoch, und betrachtete ihn.

„Ha, endlich, der Dolch der Verdammten."

Also irgendwie, klang das jetzt nicht nach dem Satz, „Wir müssen ihn verstecken, damit Regan ihn nicht finden kann."

Langsam ging ich rückwärts zur Tür, und hätte beinahe Lisa umgestoßen, die noch immer, mit offenem Mund, zu Morgan starrte. Erst jetzt merkte sie, was ich

95

vorhatte, und tat es mir gleich. Ganz, ganz langsam, damit die beiden, die voll fasziniert den Dolch beäugten, nichts merkten.

„Ups", zu spät, denn da schrie Morgan schon: „Spurtz, die wollen abhauen, halt sie auf!"

O.k., was will das kleine Kerlchen schon anrichten. Jetzt merkte ich wieder mal, wie naiv ich eigentlich war, denn das kleine Kerlchen wuchs plötzlich um das Dreifache. Aus seinem putzigen Gesicht wurde eine gruselige Fratze, mit einem breiten Mund, in dem ich Reißzähne erkennen konnte. Zwei Eckzähne wuchsen heraus, wie bei einem Säbelzahntiger. Klauen hatte er nun, statt Hände und Füße, und einen recht häßlichen Buckel. Seine Augen färbten sich rot, mit schwarzen Schlitzen in der Mitte.

„Also, um das mal kurz anzumerken, vorher hast du mir besser gefallen!" rief ich, vorlaut wie ich war.

Doch Morgan lachte nur.

„Tja, mit Germlings ist das so eine Sache."

„Na ja, eine Sache, würde ich dieses häßliche Ding nun nicht nennen!" erwiderte ich.

„Man merkt, daß ihr gewöhnliche Sterbliche seid. Einfach nur naiv, und zu dumm, um zu

96

erkennen, was unsere Welt für Wunder enthält."

Super, Lehrstunde von Mr. Morgan persönlich. Ich hatte mir meinen Abschied etwas anders vorgestellt, weniger Monster und gruselige Magier. Eher hübsche Frauen, Alkohol und was sonst noch dazu gehört ... Gut, ich hatte immerhin Sliss und Lisa, was mir ja schon ein Trost war. Aber bevor ich hopsgehe, möchte ich noch wissen, was Spurtz eigentlich für ein heimtückisches Kerlchen ist.

„He, ist es nicht so, daß der Sterbende einen letzten Wunsch frei hat?"

„O.k., o.k.!" sagte Morgan genervt.

„Sprich, was willst du!"

„Ich will wissen, was das für ein heimtückisches Wesen ist!" und zeigte auf Spurtz.

Morgan begann zu erzählen: „Germlings sind kleine niedliche Monster, die sich unter den Betten der Kinder einnisten, wenn diese einen Alptraum haben, Streit mit ihren Eltern, oder Angst bekommen. Davon ernähren sich die Germlings. Doch eigentlich sind sie eine Unterart der Dämonen. So wie du Spurtz nun siehst, schauen sie in Wirklichkeit aus. Aber sie sind Meister im Tarnen und Täuschen, und ihre Natur ist böse. Es ist sogar schon vorgekommen, daß sie sich Kindern, die nicht so ängstlich waren, nachts in echt gezeigt haben, damit diese es mit der Angst zu tun bekamen. Ab und zu, wurde auch schon mal eines der Kleinen gefressen. Doch das Schöne an diesen Kreaturen ist, man kann sie leicht kontrollieren, dazu bedarf es nur ein paar, kleiner Hilfsmittel."

Die Flucht

Mit einen lauten Schlag, störte ich die
Erzählung von Morgan, denn wir knallten
rückwärts, direkt gegen das Bücherregal,
das neben dem Ausgang stand. Ein paar
Bücher polterten, nicht gerade leise, zu
Boden. Ich hob sie auf, und grinste.
„Spurtz, schnapp sie dir!"
Doch als Morgan das rief, waren wir schon
zur Tür draußen. Wir rannten die Treppe
hinunter, als ginge es um Leben und Tod.
He, moment mal, darum ging es ja auch.
Also besser gesagt, wir flogen …, an den
Bäumen vorbei, durch den schmalen Weg,
bis wir endlich die Lichtung erreichten.
Hinter uns hörten wir schon die Schritte von
Spurtz, der uns dicht auf den Fersen war.
Dann brüllte eine Stimme: „Laß sie Spurtz,
wir haben wichtigeres zu tun. Das sind
gewöhnliche Kinder, die werden nicht lange
in unserer Welt überleben!"
Mit diesem Satz, waren die Schritte
verstummt. Aber wir rannten trotzdem den
Pfad bis ans andere Ende weiter. Doch was
jetzt, wo sollten wir hin? Nach einer Runde
„Schnickschnakschuck" gingen wir links,

an der Felswand entlang. Ich weiß nicht genau, wie lange wir schon wieder gelaufen waren, als wir einen Aufschrei hörten, der durch das ganze Gebirge hallte.

„Oh, scheiße!"

„Jim, wie, oh scheiße."

„Du Lisa, könnten wir das später erläutern, und jetzt lieber weiterdüsen?"

Also nahmen wir die Beine in die Hand, und rannten weiter. So eine Überraschung, da kamen auch schon die Leefnes, sie sausten über unsere Köpfe hinweg. Lisa schmiß sich auf den Boden, während ich weiterlief. Zum Glück hatte ich noch rechtzeitig nach hinten gesehen, um es zu bemerken. Ich sauste zurück, riß sie am Arm wieder hoch, und zerrte sie weg. „Aber wieso?" schrie Lisa, voller Angst. Beinahe wäre es zu spät gewesen, denn an der Stelle, wo sie lag, schossen die Leefnes in den Boden, und hinterließen tiefe Krater.

„Die Dinger haben ein Radar, und das empfängt jede Bewegung, selbst panisch atmen, können die erkennen!" „Spurtz hat doch gesagt …"

„Spurtz hat uns verarscht, merkst du das nicht?" unterbrach ich sie.

Neben uns schossen weitere Leefnes in den Boden. Wenigstens rührten die sich nicht mehr, doch es waren noch genügend übrig. Wir mussten immer wieder ausweichen, weil die scheiß Dinger immer wieder auf uns niederschossen. Doch endlich knallte der letzte in den Boden, und blieb regungslos liegen. Ich hörte ein leichtes „Puhh" über meine Lippen kommen. Lisa packte mich plötzlich, und drückte mich rücklings gegen einen Baum.

„So, und nun raus mit der Sprache!" blaffte sie mich an.

„Können wir uns erst mal einen Unterschlupf suchen, denn das waren nicht die letzten." Durch unsere panische Rennerei merkten wir erst jetzt, wie weit wir wirklich gekommen waren. Wir standen zwischen ein paar Bäumen. Auf der einen Seite waren die schwarzen Berge, und auf der anderen sahen wir Hügel aus Gras. Ich glaubte, gerade etwas zu erkennen, das wie ein Häuschen aussah.

„Sliss, könntest du bitte mal hinfliegen, und schauen was dort ist?"

Sie nickte nur, und flatterte los. Ich machte mir ein bißchen Sorgen um sie, seit gestern hatte sie kaum etwas gesagt. Wir trotteten Richtung Hügel, und ich merkte, daß es jetzt nur schleppend voranging. Etwas später, kam Sliss wieder zu uns geflogen.

„Dort ist tatsächlich etwas, ein verlassener, heruntergekommener Bauernhof."
berichtete sie uns.
Das war mal eine gute Nachricht, also gingen wir zügiger. Tatsächlich, nach kurzer Zeit erreichten wir das Anwesen. Es war ein großes Gebäude aus Holz, doch in keinem, wirklich guten Zustand. Die Außenwände hatten Löcher, das halbe Dach war abgedeckt, Fenster und Türen eingeschlagen, und die Scheune, die etwas entfernt stand, eingestürzt. Wir gingen durch die Vordertür ins Haus. Drinnen waren alle Zimmer leer. Wir durchsuchten jeden Raum, aber nichts zu finden. Der ganze Hof machte den Eindruck, als ob er schon jahrelang unbewohnt war, vielleicht wurde er auch absichtlich verlassen. Während Lisa die Treppe nach oben ging, suchte unten alles ab. Dort fand ich im Holzboden eine Tür, mit einem großen Messingring. Ich stellte die Bücher, die ich immer noch in der Hand hielt, neben mich, zog an dem Ring, und öffnete die Luke. Eine steinerne Treppe kam nun zum Vorschein. Ich ging nach unten, in eine große Vorratskammer. Dort standen mehrere Fässer und Holztruhen. Als ich hineinsah, fand ich drei Feldflaschen, einen

alten Rucksack, ein paar abgetragene Klamotten, und Decken, auch ein altes Messer war dabei. Es kam mir vor, als gehörten die Sachen hier, zu einer ehemaligen Goldgräberausrüstung. Die Fässer waren randvoll mit Wein, wahrscheinlich war das unnötiger Ballast, darum haben sie diese zurückgelassen. Ich richtete die Kisten so hin, daß man sich bequem drauflegen konnte. Dann schaute ich mir die Kleidung genauer an. Es waren alte, ausgewaschene Hosen und Hemden, sogar drei Gürtel tauchten auf. Ich zog meine Sachen aus, und die anderen an. Die Jeans war zwar vier Nummern zu groß, doch mit Gürtel ging das schon. Ich fand, daß ich aussah wie ein, äh …, wie soll ich Penner bloß nett umschreiben? Ach ja, wie ein Landstreicher. Ich ging die Treppe wieder nach oben, und stieß fast mit Lisa zusammen.

„Schick siehst du aus", grinste sie.
Mit Schwung, warf ich ihr die restlichen Klamotten vor die Füße, und sagte: „So, nun bist du dran."
Dann ging ich wieder nach unten. Ich merkte, daß Sliss mir folgte.
„He, wo warst du denn?"
„Ähm, du weißt doch, meine Blutration!"

„Kannst du uns auch was fangen? Wir
haben schon seit zwei Tagen nichts mehr
gegessen."
Sie nickte, und schwirrte ab. Dann kam
auch Lisa schon die Treppe herunter. Sie
trug eine blaue, ausgewaschene Jeans, die
auch ihr viel zu groß war. Über ihr eigenes
Top, hatte sie nun ein altes, rotes
Holzfällerhemd angezogen.
„Sexy!" sagte ich, mit einem Grinsen.
Sie setzte sich auf eine Kiste, und lächelte,
doch daraus wurde jetzt ein ernster
Gesichtsausdruck.
„Hast du mir nicht etwas zu erzählen?"
Ich nickte, ging zu meiner alten Hose,
langte in die Innentasche, und zog einen
roten Diamanten heraus. Lisa wäre beinahe
umgekippt.
„Spinnst du, wo hast du den her?"
„Erinnerst du dich noch, als ich Spurtz in
den Bergen etwas sagen wollte?"
Sie nickte. „Ich wollte ihm erzählen, daß mir
bei der letzten Wache, die ich halten mußte,
der Dolch runterfiel, als ich mit ihm
'rumspielte. Na ja, und da hat sich der
Diamant vom Griff gelöst, und damit es
nicht auffällt, hab ich einen größeren
Edelstein, von denen ja genügend
rumlagen, hineingeklemmt. Irgendwie hatte

ich dann doch ein schlechtes Gewissen, und
wollte es ihm sagen."
Lisa lächelte wieder ein wenig.
„Das heißt, daß der Dolch völlig wertlos
ist."
„Ja, das heißt es. - Armer Spurtz."
Auf einmal hörte ich leise Keuchlaute.
„Psst", machte ich zu Lisa, die auch prompt
aufhörte, zu atmen. Ich steckte den
Diamanten in meine Tasche. Dann hörte ich
es poltern, und schon flogen zwei tote
Hasen die Treppe runter. Jetzt sah ich Sliss,
die völlig außer Atem war. Sie plumpste
neben Lisa, und guckte sie skeptisch an.
„Na, Einkaufstrip in der Mülltonne
gemacht?"
Dann sah sie mich.
„Wow, tolles Zwillingsoutfit Jimmi, steht
euch gut. Hat was Verwegenes!"
Ich lächelte, schnappte mir ein Weinfass,
das Messer und die Hasen. Im Freien zog
ich den Tieren das Fell über die Ohren,
nahm sie aus, und säuberte sie.
Anschließend wusch ich sie im Wein, packte
ein paar Hölzer, und nahm alles wieder mit.
Neben der Kellertreppe errichtete ich eine
kleine Feuerstelle, spießte die Hasen auf
einen Stock, und grillte sie. Als sie gar
waren, löschte ich das Feuer, und ging nach

unten. Hier dürften uns die Leefnes nicht finden.

Ich aß noch mit Lisa, dann sagte ich: „Geh schlafen, ich halte die erste Wache."

Mit meinem Messer bewaffnet, setzte ich mich auf die oberste Stufe. O.k., daß es nicht wirklich etwas brachte, sich mit diesem Ding zu verteidigen, war klar, aber immer noch besser als kampflos draufzugehen.

Etwas später leistete mir Sliss Gesellschaft.

„Du Sliss, was ich schon immer wissen wollte, wenn du jemanden beißt, wird der dann auch zum Vampir?"

Sie mußte lachen.

„Nein, ich bin ja auch halb Elfe, darum kann ich auch am Tag fliegen, falls es dich nicht verwundert hat."

„Oh, das ist mir gar nicht so bewußt geworden."

„Du bist ja echt ein aufmerksames Bürschen."

„Und du, bist du immer so frech?"

„Ja!"

„Mal eine andere Frage, was sollen wir jetzt tun, weißt du das vielleicht auch?"

„Nö, ich hab keine Ahnung. Aber, was waren das eigentlich für Bücher, die du vorher mitgeschleppt hast?"

106

Die Bücher des Alchimisten

Ich schlug mir mit der flachen Hand auf die Stirn. Ach ja, die Bücher, bei unserer Flucht hatte ich sie noch der Hand. Ich schaute nach links und rechts. Ah, da lagen die beiden ja noch. Ich stand auf, holte sie her, und setzte mich wieder. Ich blätterte in dem ersten herum, doch es war einfach zu dunkel zum Lesen, darum klappte ich es wieder zu. Doch Sliss machte ein paar Handbewegungen, und ein kleiner Lichtball erschien.

„Ich weiß, halb Elfe."

Jetzt konnte ich den Einband genauer betrachten. Er war rot, mit silbernen Sternen, darauf stand in silberner Schrift „Rilafsanda", was mir natürlich nichts sagte. Dann klappte ich das Buch auf, doch auf den Seiten waren nur Zeichen zu sehen, die ich aber nicht entziffern konnte. Wahrscheinlich waren deshalb die Bände Morgan egal, da ich eh nichts damit anzufangen wußte. Doch Sliss half auch bei diesem Problem.

Sie flüsterte: „Ija tress lemil dree.“

Nun konnte ich auf dem Umschlag das Wort „Zaubersprüche" erkennen, und auch die Seiten lesen. Es gab für fast alles einen Spruch. Ich legte es weg, und nahm mir das zweite. Jetzt versuchte ich es: „Ija tress lemil dree", tatsächlich, es klappte. Das Buch enthielt viele Beschwörungsformeln. Sliss und ich lasen den ganzen Abend darin. Wir merkten gar nicht, wie die Zeit verstrich, und die Sonne langsam aufging. Ich gähnte kräftig, und weckte Lisa.

„Du bist dran.“

Dann legte ich mich nieder. Doch lange konnte ich nicht schlafen, denn ich träumte total wirres Zeug. Also stand ich auf, und ging nach oben. Lisa war mit Sliss draußen. Als ich kam, waren sie gerade dabei, etwas aus dem Faß zu schöpfen, und zu trinken.

„Spinnt ihr?“

„Morgen Jim, mach dir keine Sorgen.“

Klar, keine Sorgen, während die beiden sich, in aller Frühe, mit Wein zuknallen. Ich ging zum Bottich, um zu sehen, wie viel sie schon gesoffen hatten. Doch statt mit Wein, war er randvoll Wasser.

„Sliss hat einen Fluß gefunden. Und nun dachten wir, wir schütten den Wein weg, da

108

du eh die beiden Hasen darin ertränkt hast, und füllen das Fass mit Wasser auf."
Das war eine, echt gute Idee. Ich tauchte meine Hände hinein, und nahm einen kräftigen Schluck. Ah, das tat gut. Doch was sollen wir jetzt tun, auf der einen Seite wird uns jetzt Morgan und Spurtz suchen. Auf der anderen Seite will auch Regan seinen Stein wiederhaben. Oh, wir sitzen ja so was von in der Tinte. Ich hab echt keine Ahnung, wie es jetzt weitergeht. Das ist nicht meine Welt, hier kenne ich mich nicht aus. Und überhaupt, was erwartet uns hier? „Jim, was sollen wir jetzt machen?"
„Ich hab keine Ahnung."
„Das ist aber nicht viel. Wie lange wird es dauern, bis sie uns finden?"
„Ich denke, eine Nacht können wir es noch riskieren."
Ich setzte mich wieder auf die Treppe, und blätterte die Bücher durch. Als ob ich darin eine Lösung finden würde … Es waren ein paar nette Zaubersprüche dabei, aber da ich kein Magier war, machte ich mir nicht viel Hoffnung. Auch der Band, mit den Beschwörungsformeln, war sehr interessant. Doch fasziniert, von dem Buch mit den Zaubersprüchen, blätterte ich es immer wieder durch. Plötzlich leuchtete ein Spruch

silbern auf, aber es gab keine Beschreibung, was er bedeutet, und ich klappte das Buch schnell wieder zu. Doch neugierig wie ich war, schaute ich nochmal nach. Ja, der Spruch leuchtete wieder auf, ich las ihn nur für mich: „Fer mi kedre limon dqua zerles tiplo."

Jetzt merkte ich erst, daß ich ihn doch laut gelesen hatte. Plötzlich schossen Blitze aus dem Band. Vor Schreck ließ ich ihn auf den Boden fallen. Es landete direkt neben dem anderen. Eine Explosion und blauer Rauch, machten dem Ganzen ein Ende. Die Druckwelle riß mir die Füße weg, und schleuderte mich gegen die Wand. Das muß sehr laut gewesen sein, denn Lisa und Sliss kamen sofort angerannt.

„Was ist passiert?" frage Lisa mit erschrockener Miene.

Ich rappelte mich vom Boden auf, und stützte mich gegen die Wand. Mein Kopf schmerzte wie wild, meine Knochen taten ja so was von weh.

„Alles in Ordnung", log ich frei heraus.

„Könnt ihr die Feldflaschen bitte gleich mit Wasser füllen, damit wir morgen früh, aufbrechen können?"

Lisa ging in den Keller, und ich sackte wieder auf den Boden. Sliss verdrehte die

Augen: „Wirklich alles o.k.?"

„Nein, ich glaub ich hab Scheiße gebaut."

„Was hast du gemacht?"

„Ich habe aus Versehen, einen Spruch aus diesem Buch, laut gelesen."

Sie flog zu dem Buch, und brachte es mir.

„Welchen denn?"

Ich nahm das Buch, und schlug es auf.

Doch die Seiten waren leer. Ich konnte es sooft durchblättern, wie ich wollte, sie blieben leer.

Sliss brachte mir das zweite, doch bei dem war es genauso. Nur leere Seiten, das kann nicht sein. Vor lauter Wut knallte ich die Bücher gegen die Wand.

„Was ist denn los?" fragte Lisa, die gerade die Treppe hochkam.

„Paßt schon, steht nichts Hilfreiches drin."

Sliss lachte laut auf, ich kam auch in Versuchung, doch die Schmerzen ließen es nicht zu. Ich rappelte mich wieder auf, schleppte mich hinunter zu meiner Schlafstätte, und pennte erstmal. Gut, daß Lisa mit dem Auffüllen der Flaschen beschäftigt war, damit sie nicht merkte, wie scheiße es mir ging. Als ich meine Augen wieder öffnete, war es schon dunkel. Jetzt fühlte mich besser. Ich ging nach oben, wo die beiden ein kleines Feuer gemacht

hatten. Auf dem Boden lagen viele,
verschiedene, exotische Früchte.
„Setz dich, und iß was, du hast bestimmt
Hunger. Sliss war so lieb, uns etwas zu
besorgen."
Ich ließ mich nieder, und nahm eine große
Frucht, die einem Apfel ähnlich sah, aber sie
schmeckte süßer, und viel fruchtiger. Nach
dem Essen schickte ich die beiden ins Bett.
Als sie endlich eingeschlafen waren, ging
ich nach draußen, und schaute mich um, in
welche Richtung wir als nächstes gehen
sollten. Doch noch ein anderer Gedanke,
ließ mich nicht los. Wenn Spurtz in allem,
was er erzählte, gelogen hatte, warum sollte
er dann in Bezug auf den Magier Regan, die
Wahrheit gesagt haben. Vielleicht war dieser
gar nicht so böse, wie Spurtz es uns
weismachen wollte. Wir sollten es
rausfinden, es war zwar ein großes Risiko,
aber wir mußten es versuchen, wir hatten
keine andere Wahl. Aber der Weg würde
gefährlich werden, und wir bräuchten Hilfe.
Doch woher, sollten wir die bekommen. Die
Frage beantwortete sich von selbst, denn
wie in Trance zeichnete im Vorhof ein
Pentagramm auf. Aus Stöcken formte ich
Sterne, und zündete ich sie an. Jetzt, stellte
mich in die Mitte des Fünfecks, und sprach

112

mit lauter, fester Stimme: „Heza lögnet
tzicja levus odyzerster nago himt drealu".
Dann war ich wieder Herr meiner Sinne.
Plötzlich zogen graue Wolken auf, und
leichter Nebel schwebte über dem
Pentagramm. Und mit einem lauten
„Plopp" erschien eine kleine, merkwürdig
Kreatur. Sie war gerade mal 90 cm groß,
hatte einen eher runden Körper, aber
kräftige Beine und Arme. Der Kopf saß,
ohne Hals, auf ihren Schultern. Dann
konnte ich zwei spitze Ohren, und kleine
Hörner sehen. Der Mund war breit, die
Nase eher klobig, und seine Augen
erinnerten mich an die einer Schlange. Die
Haut wirkte braun und lederartig.
Nun kam sie auf mich zu.
„Meister, ihr habt Tesch gerufen! Was kann
Tesch tun?" „Tesch?" fragte ich verblüfft.
„Ja Meister."
„Wieso nennst du mich Meister?"
antwortete ich, immer noch verdutzt.
„Weil Meister mich gerufen hat. Also wen
soll ich meucheln, morden, oder
verschwinden lassen?"
„Niemanden, wie kommst du darauf?"
„Das ist das, was Dämonen am besten
können, und am meisten Spaß macht."
„Nein, es wird niemand umgebracht!"

113

Er verschränkte die Arme: „Warum habt ihr mich dann gerufen?"

O.k., die Frage war berechtigt, doch ich wußte es selbst nicht.

„Damit du Wache hältst."

„Wie Meister wünschen."

Dann verneigte sich Tesch, bis seine Nase auf dem Boden aufschlug, und stapfte davon.

Ich setzte mich wieder auf die Treppe, und beobachtete, wie er draußen, auf und ab patrouillierte. Scheiße, wie soll ich das morgen bloß den anderen erklären. Aber der kleine Teufel, machte das eigentlich ganz gut.

„Tesch", rief ich ihn.

„Ja, Meister wünschen?"

„Nenne mich nicht immer Meister, ich heiße Jim! O.k."

Jetzt schaute er mich ziemlich verdutzt an.

„Kannst du uns etwas zum Essen fangen?"

„Aber gerne, Meister Jim."

Dann stapfte er davon, und ich hörte ihn noch brummen: „Von wegen nix meucheln, hä… hä …" dann war alles still.

Mit dem Sonnenaufgang erschien auch Tesch wieder, über seiner Schulter hing ein totes Reh. Als er näherkam, konnte ich in seinem Mund eine Hasenpfote erkennen. Er

114

schluckte hinunter, und legte mir das Tier vor die Füße.

„Meister Jim, hier, das Frühstück!"

„Danke Tesch."

In dem Moment kam Sliss die Treppe herauf. „Ahhhhhhhhhhhh …, Elfe!" schrie Tesch, und rannte wie von der Tarantel gestochen davon.

„Tesch?" rief ich ihm hinterher, doch er war verschwunden.

„Was war das?" piepste Sliss.

„Wer hat da denn so geschrien?" fragte Lisa, die auch gerade auftauchte, und sich den Schlaf aus den Augen rieb. „Ach, das war nur Tesch", sagte ich, und schnappte mir das Reh. Draußen häutete ich es, nahm es aus, und schnitt es in kleine Teile. Dann machte ich aus dem Hof ein Feuer.

„Muß bei Dir wegen 1 Reh, ein ganzer Hof brennen?"

„Ach Tesch, halt die Schnauze, und laß mich weitererzählen. So, dann machte ich ein Feuer auf dem Hof. (Besser?)"

„Kann man lassen", antwortete er frech.

„Und überhaupt, ist die Elfe weg? Wir Dämonen hassen diese Dinger!"

„Nein, Tesch sie ist nicht weg, sie ist eine Freundin."

„Oh!!!."

115

Sein Gesicht sah überrascht aus.

Bis jetzt konnte ich mich davor drücken, den beiden genaueres zu erzählen. Doch jetzt wurde es Zeit.

Aber Sliss kam mir zuvor: „He, geil, du hast ja einen eigenen Dämon, aber etwas dämlich sieht der schon aus."

„Ich fresse sie einfach, ein schneller Tod."

Und mit einem Satz sprang er auf Sliss zu.

„Stopp!"

Tesch schaute mich erschrocken an.

„Sliss wird nicht gefressen, und das ist das letzte Wort."

Wie ein trotziges Kind, stampfte er am Boden auf.

„O.k., Meister Jim."

„Und du sollst …, ach egal."

Lisa schaute mich bitterböse an.

„Was hat das alles zu bedeuten?"

„Ich glaube, ich muß dir etwas erklären."

„Ja, das denke ich auch."

Also setzten wir uns auf den Boden, und ich erklärte ihr das mit den Büchern, bis hin zur Beschwörung.

„Das Ende vom Lied ist, wir haben jetzt Tesch an der Backe."

Sie schaute zu ihm. Er lächelte, und winkte ihr zu.

„Meister Jim, ist der Tag schon vorbei, oder

116

warum wird es dahinten so dunkel?"
„Nein Tesch, es ist noch früh am Morgen."
Dann schaute ich, wo Tesch mit seinem
Finger hinzeigte.
„Sie haben uns gefunden!" schrie ich den
beiden Mädchen zu.
Dann packte ich Lisa an der Hand, und
rannte in den Keller, Sliss und Tesch folgten
uns. Nun versuchte ich verzweifelt die Luke
zu schließen, aber das funktionierte nur,
wenn einer sie von außen zumachte.
Plötzlich zog mich Tesch die Treppen nach
unten. Bevor ich etwas sagen konnte, rannte
er nach oben, und verriegelte die Kellerluke.
Dann hörte ich ein Krachen und Scheppern,
es hörte sich an, als würde das ganze Haus
einstürzten. Doch hier unten dürften uns die
Leefnes nicht aufspüren. Eine Stunde lang
dauerte das Ganze, doch uns kam es wie
eine Ewigkeit vor. Immer wieder merkte ich,
daß mein Arm, oder mein Bein schmerzten,
als würde mir jemand, mit einem Messer, in
die Haut ritzen. Ab und zu, sah ich auch
Schatten vor meinen Augen. Das war alles
sehr merkwürdig. Dann Stille, nichts als
Stille, ich konnte sogar Sliss' Atemgeräusche
hören. Langsam ging ich die Stufen nach
oben, bis ich die Tür erreichte. Ich stemmte
mich mit aller Kraft dagegen, doch nichts

rührte sich. Ich probierte es gleich noch mal, wieder nichts.

„Meinst du, diesem Ding geht es gut?" fragte Lisa.

„Es heißt Tesch, und er hat uns gerettet, ja!" schnauzte ich zurück.

Ich mußte zugeben, ich machte mir wirklich Sorgen um ihn. Doch ein stechender Schmerz in der Schulter, ließ mich auf die Stufen sinken. Ich rappelte mich hoch, und schloß meine Augen. Jetzt stemmte ich mich wieder mit aller Kraft gegen die Luke, doch es regte sich nichts. Aber vor meinem inneren Auge lief gerade etwas äußerst Schräges ab. Mir erschienen Seiten aus dem Zauberbuch, und dann blieb ich an einen Wort hängen. Ich wußte sofort, was es bedeutet, als hätte ich es schon hundert Mal benutzt.

Ich öffnete die Augen, und sprach laut und deutlich: „Dasingon", und mit einem lauten Knall zersplitterte die Tür in tausend Teile. Beide Mädels sahen mich nun etwas erstaunt an. Wir gingen gemeinsam raus, um nachzusehen, was passiert war. Jetzt standen wir im Freien, denn die Leefnes hatten das ganze Haus zerstört. Doch ich vermutete, daß das die Leefnes nicht allein waren.

„Das stimmt Meister!" hörte ich eine
Stimme hinter mir sagen.

Ich drehte mich blitzschnell um, da saß
Tesch, und stocherte mit einem Knochen in
seinen Zähnen herum.

„Also diese komischen Vögel, so was von
ungenießbar. Nur gut, daß da auch ein paar
Krabbeltiere dabei waren."

Ich mußte lachen, denn der Anblick war
Gold wert.

„Tesch, sag mal, kannst du meine
Gedanken lesen? - Wegen der Antwort
vorher."

Tesch nickte: „Meister, wir sind durch die
Beschwörung verbunden, aber das wißt ihr
doch."

Natürlich wußte ich das nicht, woher denn
auch. Das könnte aber die Schmerzen
erklären, denn die Wunden von Tesch,
spürte ich auch.

„Was machen wir denn jetzt?" fragte mich
Lisa.

Ich versuchte den Mädels zu erklären, daß
die einzigste Möglichkeit, mehr zu erfahren,
die wäre, wenn wir den Magier Regan
aufsuchten. Klar, konnte das auch ein Fehler
sein, aber probieren mußten wir es. Ich
vernahm ein Murren von den beiden.

„O.k., wir können auch abstimmen."

„Wer ist dafür, daß wir hierbleiben?" Lisa
und Sliss hoben die Hand.

„Wer ist dafür, daß wir gehen!" Ich streckte
meine Hand hoch, und schaute zu Tesch,
der regungslos dasaß.

„Tesch, du darfst jemanden killen!" sagte
ich in lieblichem Ton.

So schnell konnte ich gar nicht schauen, wie
seine Hand hochschnellte.

„O.k., also zwei gegen zwei, soll ich mir
noch 'nen Dämon besorgen, oder gehen wir
freiwillig."

„Das ist Erpressung!" maulte Lisa, und
stapfte davon.

„Ich helfe ihr packen", sagte Sliss, und
sauste ihr nach.

Lisa stopfte die restlichen Klamotten und
Decken in den alten Rucksack. Ich nahm
das Messer, und steckte es in meinen
Gürtel, die Feldflasche hing ich mir um.
Anschließend schnallte ich mir den
Rucksack auf den Rücken, und wir
wanderten über die Hügel, Richtung
Sonnenaufgang. Ich ging mit Tesch voraus,
Lisa trottete mit etwas Abstand hinterher,
und Sliss saß, wie immer, auf meiner
Schulter. Ich hoffte nur, daß Morgan nicht
noch andere Überraschungen für uns, in
seinem Zauberkasten hatte, waren mir doch

die Leefnes schon zuviel. Als die Sonne unterging, erreichten wir einen großen Wald. Er sah finster und unheimlich aus, trotzdem gingen wir hinein, denn die Bäume boten uns wenigstens etwas Schutz. Ich versuchte mich auf Tesch zu konzentrieren, und dachte intensiv an ihn. Da hörte ich eine Stimme in meinem Kopf: „Ja Meister?"

Ich dachte weiter: „Könntest du aufhören, mich Meister zu nennen?"

Darauf antwortete die Stimme wieder: „Ja Meis..., ups, äh, ja Jim."

„Besser! Kannst du uns Feuerholz organisieren?"

„Jepp!" und schon stampfte er davon.

Von der Mental-Konversation war mir jetzt richtig schwindlig.

Lisa und Sliss suchten einen geeigneten Platz zum Übernachten, so gingen wir etwas tiefer in den Wald hinein. Dort standen zwei mächtige Bäume, die durch einem Sturm so aneinander gedrückt worden waren, daß die Wurzeln aus der Erde ragten. Doch das mußte Jahre her sein, denn die Baumstämme waren mit Moos und Pilzen dicht bewachsen.

Auf einmal hörte ich eine Stimme in meinem Kopf rufen: „Meister, Hase oder

121

Hirsch?"

„Hab ich nicht gesagt, laß den Meister, und Hirsch ist gut." „O.k."

Und schon war die Stimme verschwunden. Lisa füllte die Lücken, zwischen den Wurzeln, mit Ästen und Gestrüpp, daß man von außen nichts mehr erkennen konnte. Etwas von unserer Unterkunft entfernt, machten wir eine kleine Feuerstelle. Es dauerte nicht lang, bis Tesch mit Brennholz, und dem Abendessen kam. Ein paar Minuten später war das Menü fertig. Wir setzten uns auf breite Stämme, die wir rund um die Feuerstelle gelegt hatten. Tesch war der einzige, der sein Fleisch roh genoß. Oh, stopp, ich korrigiere, Tesch und Sliss, waren die beiden Einzigen. Lisa und ich grillten unseren Braten über dem Feuer. Doch langsam kam ein kalter Wind auf, und wir löschten die Glut. Lisa und Sliss legten sich auch gleich schlafen. Tesch und ich hatten die erste Wache. Ich nahm meinen Baumstamm, legte ihn neben den Eingang, dann mummelte ich mich in eine Decke ein, und beobachtete den Wald. Tesch ging Patrouille.

„Du Tesch, wie ist das mit der Verbindung zwischen uns?"

„Meister, du hast echt keine Ahnung, oder?"

122

„Um ehrlich zu sein, nein."
„Und wie konntest du mich dann
beschwören?"
„Das wäre eigentlich meine nächste Frage
gewesen."
„Super, von einem ahnungslosen Magier
beschworen, was kann man sich Schöneres
wünschen?"
„He, das war nicht nett, und ich bin auch
kein Magier."
„Das kann nicht sein! Nur Zauberer können
Dämonen beschwören, alle anderen würden
„puff" machen, um es nett auszudrücken."
Ich tastete mich nun am ganzen Körper ab.
Doch ich war mir sicher, wenn ich ein
Zauberer wäre, wüßte ich was davon. O.k.,
wieder zurück zum Thema.
„Also, nun raus mit der Sprache, was muß
ich noch alles wissen."
„He, ich bin dein Diener, und nicht dein
Führer, in dem Roman ‚Mein Dämon und
ich'."
Er wußte, daß er jetzt Oberwasser hatte.
„Normalerweise könnte ich dich jetzt
töten!"
Doch mein Gefühl, sagte mir etwas anderes.
„Nein, kannst du nicht. Du bist an mich
genauso gebunden, wie ich an dich."
„O.k., kann ich nicht."

Ich schaute ihn böse an.

„O.k.,ok! Bin ja ein netter Dämon, vor allem weil du etwas hast, was wir beide brauchen."

„Wie, was wir brauchen?"

Ich ging jetzt nicht näher darauf ein, sondern wollte endlich wissen, was mich erwartet.

„Nun Tesch, jetzt schieß mal los."

„Mensch hast du's eilig, genieße doch den Sternenhimmel."

„Tesch!!!"

„Ja, ja, ist ja gut!"

Dann fing er an zu erzählen. Also wenn ein Zauberer einen Dämon beschwört, muß er darauf achten, daß er die Gebrauchsanweisung genau beachtet, denn nur ein kleiner Fehler hat fatale Auswirkungen. Zum Beispiel sich selber in Luft aufzulösen, oder mit dem Körper des Dämons zu verschmelzen.

Aber so eine Nervensäge, wie Tesch zu bekommen, hörte ich nicht heraus.

Wenn es also dem Zauberer gelingt, einen Teufel zu beschwören, ist der Anfang schon mal gemacht. Doch da ist noch so eine Kleinigkeit, die die meisten Magier nicht beachten, denn die jeweiligen Teufel haben verschiedene Stufen. Das heißt im Klartext, wenn ein Anfänger gleich einen sehr starken

Dämonen beschwört, war's das, und das
Mittagessen für den Teufel ist gesichert.
Denn der Dämon ist für die Zauberkraft des
Magiers, der ihn beschwört, viel zu stark.
Darum teilt man sie in Stufen ein.

Für:
Anfänger: Stufe 1-2
Fortgeschrittene: 3 und 4
Wahnsinnige: 5-6
Lebensmüde: alle weiteren

Nach der Beschwörung verbindet sich der
Dämon mit dem Zauberer. Beide spüren
jetzt, was der andere fühlt, und sie sind in
der Lage, telepathisch miteinander zu
kommunizieren. Der Dämon kann in
unserer Welt nur sterben, wenn der Magier,
der ihn beschworen hat, auch stirbt. Manche
Teufel aber, hassen diese Welt, weitab von
ihrer, darum töten sie den Zauberer
„ratzfatz". Wieder andere, haben Gefallen
an unserer Welt gefunden, und wollen nicht
mehr in ihre zurück, so auch Tesch.

„Das heißt also, ich hab dich von nun an auf der Pelle." „Jepp", so könnte man es sagen."

Auf diesen Satz folgte ein breites Grinsen.

Na ja, anderseits ist es gut, einen Dämonen bei sich zu haben, der an der Welt festhängt, wie ein Baby an der Flasche. Vor allem beschützt er mich, denn ohne seinen Meister, ade, schöne Welt. Aber was meinte er damit, ich hätte was, was wir beide brauchen. Hm, ich machte mir zwar Gedanken darüber, aber dann verwarf ich sie wieder. Jetzt merkte ich, wie etwas in meinem Kopf wühlte.

Eine Stimme sagte: „Du mußt dich dagegen wehren, wenn jemand in deinem Kopf rumspukt! Stell dir vor, du beschwörst einen Dämon, und der ist dir nicht zugetan. Oder ein Magier dringt in deinen Kopf ein."

„O.k.", und wie mach ich das?"

„Versuche eine Mauer aufzubauen, die dich abschirmt." Ich probierte es, und tatsächlich, es funktionierte. Zwar noch schwach, aber mit etwas Übung würde es mir schon gelingen. „Knack". Ich sprang auf, und zog mein Messer. Diesmal dachte ich nur den Satz, den ich sonst sagen wollte: „Tesch, Tesch."

Es dauerte ein bißchen, bis Antwort kam.

„Hast du das auch gehört?"

„Ja, was war das?"

„Ich weiß es noch nicht, aber versteck dich."

„Nein Tesch, das tu ich nicht!"

„He, wenn das Ding dich nicht umbringt, dann ich, wenn ich mit ihm fertig bin."

„Ist ja gut, bin ja schon weg."

Ich ging zum Eingang unseres Verstecks, und stellte ein paar Zweige vor die Öffnung. Dann hörte ich schon Schritte näherkommen. Durch die Äste konnte ich nicht genau erkennen, was es war. Doch es sah aus, wie ein großer nackter Hund. Aber mit groß, meine ich gewaltig groß, der ging mir bestimmt bis zur Schulter. Sein Kopf war sehr breit, aus seinem Maul ragten scharfe Zähne, seine Augen glühten feuerrot, und ich glaubte, sogar Flammen ihnen züngeln zu sehen. Er streunte immer wieder um unser Versteck. Da, da kam noch ein zweiter. Jetzt konnte ich eine, mir bekannte Stimme hören.

„He ihr zwei, spielt nicht rum, sondern sucht mir den Diamanten."

Ich steckte meine Hand in die Tasche, und meine Finger umklammerten den Stein. Spurtz, ja diese Stimme hörte ich überall heraus. Jetzt sah ich ihn, er hatte immer

127

noch dieselbe Gestalt wie in der Höhle.
Plötzlich riß mich eine Stimme aus den
Gedanken.

„Nur mal 'ne kleine Anmerkung. Die sind
mir jetzt über, also ein oder zwei kein
Problem. - Aber Dämon und Höllenhunde,
nein, das glaube pack ich nicht."

„Und was sollen wir jetzt tun, wenn die uns
finden, machen die Kleinholz aus uns."

„He, wer von uns ist der Bücherfresser, ich
oder du?"

„He, woher weißt du das?"

„Ich lese in deinen Gedanken, wie in einem
offenen Buch, mein kleiner Meister!"

„O.k., dann hilf mir doch!"

„Toll, immer der arme Dämon, der alles
richten muß. Streng dich an, und überleg dir
ein paar Zaubersprüche, irgendwo in
deinem Kopf, sind sie doch gespeichert."

„Ich versuche es ja, aber ich bin nicht gut
drin. Vor allem nicht, wenn mich jemand
umbringen will." Jetzt probierte ich es, …
ich brauche einen Zauberspruch, ein
Zauberspruch wäre toll. Ich schloß meine
Augen, und entspannte mich, so gut es ging.
Dann zogen einige magische Formeln an
meinem inneren Auge vorbei. Bei einem
blieb ich dann hängen. Leise sprach ich:
„Untres Imerleques". Doch nichts passierte.

Ich wollte gerade nochmal ansetzten, da merkte ich, wie grüner Dunst aus dem Boden hervorstieg. „Würg", das stank ja erbärmlich, beinahe hätte ich mich übergeben. Jetzt rochen es auch die Hunde, und rannten winselnd davon.

„Klasse gemacht, du Genie!" machte sich Tesch gerade in meinem Kopf lustig.

„Wieso läßt du sie nicht explodieren, oder abfackeln, nein du stinkst hier einfach 'rum."

„Ach, halt die Klappe, hat doch funktioniert, oder?"

„Ja, da hast du recht, doch jetzt solltest du duschen, du stinkst!"

„Toll, nicht nur ich, ich glaube, wir alle könnten ein Bad vertragen."

„Dämonen, baden nicht."

„Schaffst du es alleine, bis die Sonne aufgeht?"

„Klar Stinki, geh ruhig schlafen."

Dann legte ich mich noch etwas hin. Tesch hatte recht, ich roch fürchterlich. Lisa weckte mich, als die Sonne schon hoch am Himmel stand.

„Guten Morgen, uhh ... du stinkst, wo warst du denn heute Nacht?"

Murmel, murmel, ... „Frag lieber nicht."

„Wir haben schon alles zusammengepackt,

und sind fertig zum Aufbruch."
Ich stand auf, gähnte nochmal kräftig. Dann ging ich nach draußen.

Das Dorf

Wir wanderten weiter durch den Wald. Ich
glaubte nicht, was ich sah. Am Waldrand
war ein kleiner See, und etwas weiter konnte
ich Häuser erkennen.
„Lisa schau!"
Dann zeigte ich mit dem Finger auf diese.
„Ja, endlich Menschen, aber zuerst solltest
du baden."
Da hatte sie eindeutig recht.
„Während du schwimmen gehst, schauen
Sliss und ich uns im Ort um."
„Ich weiß nicht, ob eine Vamp-Elfe nicht
ein bißchen auffällt?"
Doch mit einem „Plopp" war sie
verschwunden.
„Wir Elfen können uns unsichtbar machen!"
piepste Sliss.
Dann verdufteten beide. Ich zog meine
Klamotten aus, und sprang ins Wasser.
„Sehen alle Menschen nackt so komisch
aus?"
Mist, Tesch hatte ich total vergessen.
„Halt die Klappe."
Dann tauchte ich unter. Als ich wieder an
der Oberfläche erschien, jagte Tesch gerade
131

ein paar Libellen. Ich kletterte aus dem Teich, sprang in meine Hose, und ließ mich in der Sonne trocknen. Etwas später kam auch Lisa zurück. Irgendwie sah sie anders aus. Sie hatte eine enge, lederne Hose an, und trug ein weißes Hemd, wieder mal zum Top umgearbeitet, dazu schwarze Stiefel, und einen breiten Gürtel um die Hüften. Als sie vor mir stand, warf sie mir ein paar Klamotten hin.

„Hier, deine alten stinken wahrscheinlich noch."

Da war ein weißes Hemd, eine schwarze Lederhose und hohe, feste Schnürstiefel. Ich zog mir die Sachen an, und sie paßten wie angegossen, na ja, das Hemd war vielleicht etwas eng, aber o.k.

„Wo hast du die denn her?"

„Ach, die hingen, einsam und verlassen, an einer Leine. Da hab ich gedacht, die brauchen sicher Gesellschaft."

Lächelnd sagte ich zu ihr: „Meinst du es fällt nicht auf, wenn wir damit ins Dorf gehen?"

„Nein, der Hof, von dem wir sie haben, liegt etwas außerhalb."

Ich nahm den Diamanten aus meiner alten Hose, und steckte ihn in meine neue. Dann gingen wir Richtung Ort.

132

„Tesch, ob ein Dämon nicht zu sehr
auffällt?"

„Ach, kein Problem!"

Und mit einem „Plopp", wurde auch er
unsichtbar.

„Klasse, gibt es dafür auch einen
Zauberspruch?"

„Klar, wenn du dein kleines Gehirn
anstrengst, findest du ihn sogar."

Super, einen vorlauten Dämon wollte ich
schon immer. Nun hatten wir die ersten
Häuser erreicht, alle waren aus Holz, und
ein schmaler Kiesweg führte durch das Dorf.
Die Menschen hier sahen genauso aus, wie
bei uns, nur daß wir uns ein paar
Jahrhunderte zurückversetzt fühlten.

Als wir an den Hütten vorbeigingen,
bemerkten uns die Leute nicht wirklich, was
ich gar nicht schlecht fand. Vor einem
großen Gasthof blieben wir stehen. Ich
öffnete die Tür, und lugte hinein, doch dann
schloß ich sie wieder, da mir einfiel, daß wir
weder Geld, noch andere Devisen hatten.
Auch wußte ich nicht, womit hier bezahlt
wird. Dann wanderten wir weiter. In der
Nähe spielten ein paar kleine Kinder.

Ich ging zu ihnen, und fragte: „Wo kann
man denn hier, für eine Nacht,
unterkommen?"

133

Der kleinere von beiden, zeigte auf einen großen Bauernhof, etwas abseits von dem Dorf.

„Ist das der, wo du die Klamotten geklaut hast?"

„Nein, der liegt weiter südlich, dort hinter dem Hügel."

„Gut."

Dann gingen wir Richtung Hof. Als wir ihn erreicht hatten, sahen wir eine junge Frau, die gerade ihre Hühner fütterte.

Eine Stimme hallte nun in meinen Kopf:

„Hunger, Hunger!" „„Schnauze Tesch, und sei brav."

„Hmmmm..., o.k."

Ich ging zielstrebig auf die Lady zu.

„Verzeihung, daß wir stören, aber meine Gattin und ich, suchen eine Unterkunft für eine Nacht. Doch wir sind nur auf der Durchreise, und wissen nicht, womit man bei euch zahlt."

„Wir nehmen 7 Gernes für eine Nacht mit Frühstück. Aber da mein Mann gerade krank ist, könnte ich auch ein paar hilfreiche Hände brauchen."

„Gerne Mam, was sollen wir den tun?"

Sie zeigte auf eine Sense, die an der Hauswand lehnte. „Hinter dem Haus ist ein Feld, das gemäht werden muß." Oje, aber

134

besser als Geld hergeben, das wir sowieso
nicht haben. Während ich mit Tesch und
Sliss hinters Haus ging, nahm sie Lisa mit
in die Küche. Der Acker war riesengroß, also
fing ich auch gleich an. Es dauerte etwas,
bis ich den Bogen raus hatte, mit der Sense
umzugehen, aber dann ging es mir gut von
der Hand. Während ich mähte, machten
Tesch und Sliss lauter große
Getreidehaufen. Gut, daß uns keiner
beobachtete, denn es sah bestimmt witzig
aus, wie der Weizen von allein durch die
Gegend flog. Mehrere Stunden, und einen
Muskelkater später, waren wir dann endlich
fertig. Ich ließ mich auf das gemähte Feld
fallen.
„Danke, euch beiden."
Da kam auch schon Lisa auf uns zu: „Essen
ist fertig."
Gott, sei dank, Essen, richtiges Essen. Ich
stand auf, und folgte Lisa nach drinnen. Es
war ein sehr schönes Haus, doch die Decke
etwas niedrig, genauso die Türstöcke. Wir
gingen durch einen langen Gang mit lauter
hellbraunen Türen. Auch schöne Bilder
zierten die Wände, die ganz aus dunklem
Holz waren. Dann kamen wir in einen
großen Saal, mit vielen Tischen. In einer
Ecke stand ein langer Holztresen, darauf

135

eine große Zapfanlage, und dahinter ein paar Regale mit Gläsern. Ein Durchgang führte zur Küche. Jetzt kam ein stämmiger Mann auf uns zu, und zeigte uns den Platz, an den wir uns setzen durften. Ein zweiter stellte einen Krug Wasser, und zwei Gläser auf den Tisch. Dann brachte er mir noch einen großen Krug Bier. Ich setzte an, und nahm erstmal einen großen Schluck.

„He, ich auch!" hörte ich Tesch in meinem Kopf.

Ich schaute mich um, und als keiner hinsah, stellte ich den Krug auf den Boden, und Tesch nahm einen Schluck. Doch als ich den Krug wieder hochhob, war er leer, und ich hörte ein lautes „Rülps".

„Tesch, spinnst du?"

„Tut mir leid."

Als ich zu Lisa schaute, sah ich, wie sich ihr Wasserglas von Geisterhand leerte.

„Sliss, nicht so auffällig."

Jetzt kam der Mann von eben, mit zwei großen Tellern wieder. „Das ist Wildschweinbraten", sagte er, und stellte sie auf den Tisch.

„Bäh, gebratenes Fleisch!"

„Tesch, geh doch mit Sliss ein bißchen jagen."

Dann hörten wir leise Schritte, die den

Raum verließen. Oh, war das gut, endlich wieder mal was richtiges zum Essen. Wir aßen unsere Teller ratzeputz leer. Als wir satt waren, gab uns der Mann unseren Zimmerschlüssel. Wir blieben noch ein paar Minuten sitzen, dann verließen wir den Raum und suchten unser Zimmer. Nr. 23, wo soll das denn sein? Erst kam 3, etwas weiter 18, „ah", da war es ja. Ich sperrte mit dem Schlüssel die Tür auf. Der Raum war nicht besonders groß, aber da stand ein richtiges Bett, aus rötlichem Holz, und daneben ein Kleiderschrank. In ihm fanden wir schöne, weiße Decken und Kissen. Links führte eine Tür in ein kleines Bad mit Dusche. Ich ging als erster brausen, dann Lisa. Das Bett war richtig bequem ... Nun strengte ich mich an, an Tesch zu denken, aber irgendwie merkte ich, daß ich verdammt schläfrig wurde. Ich konnte gar nicht mehr klar denken, doch ich schleppte mich nochmal ins Bad, wo Lisa auf dem Boden lag. Was war mit ihr passiert? Ich konzentrierte mich ein zweites Mal: „Tesch?!?"
Irgend etwas stimmte da nicht, ich erreichte ihn wieder nicht. Jetzt konnte ich von draußen Stimmen hören.
„Ja, dieses Zimmer haben sie bekommen."

137

„Gut, dann schließen Sie auf."
Die andere Stimme kam mir sehr bekannt vor. Morgan, dachte ich nur, und mit letzter Kraft schaffte ich es, unters Bett zu kriechen. Da sprang schon die Tür auf, und der Mann von vorhin, mit dem Magier Morgan, betraten das Zimmer.

„Wo sind sie, Jerm?" fragte Morgan.

„Im Bad läuft noch die Dusche." sagte Jerm. Mehr bekam ich nicht mit, weil mich der Schlaf übermannte. Als ich die Augen etwas später wieder öffnete, lag ich noch immer unter dem Bett. Ich kroch hervor, und ging ins Bad. Lisa war verschwunden, scheiße. Aber wieso haben sie mich nicht gefunden?

„Weil ich dich unsichtbar gemacht habe, du Dummerchen!"

Ich drehte mich um. Sliss und Spurtz saßen auf dem Bett, doch sie sahen bedrückt aus.

„Morgan hat Lisa!" sagte Sliss.

„Und wie funktioniert das, mit dem unsichtbar werden?"

„Das funktioniert bei Menschen gar nicht, nur wenige Magier haben es je geschafft. Aber wenn eine Elfe dich berührt, kann sie dich für ein paar Sekunden verschwinden lassen."

O.k., aber das hilft mir jetzt auch nichts.

138

„Und was machen wir jetzt?"

„Wir müssen erstmal weg hier, denn an diesem Ort sind wir nicht sicher. Morgan hat die Leute hier so eingeschüchtert, daß sie dich sofort ausliefern werden."

Also, was soll ich jetzt machen? Wie soll ich Lisa nur aus Morgans Bergen holen? Und möglichst so, ohne dabei draufzugehen. Als erstes sollten wir erst mal schauen, daß wir aus dem Haus kommen, ohne gesehen zu werden. Langsam öffnete ich die Zimmertür, und spähte den den Gang entlang. Die Luft war rein. Schnell rannte ich zur Haustür, doch eine Stimme ließ mich erstarren.

„Da ist er ja!"

Ich drehte mich um, Jerm stand schon fast hinter mir. Dann holte ich aus, und knallte ihm meine Faust mit voller Wucht in die Fresse, so daß er rücklings auf den Boden knallte.

„Du hast uns etwas ins Essen gemischt!"

Dann rannte ich aus dem Haus, durch die Stadt, und wieder in den Wald zurück, zu unserem alten Versteck.

„Jimmiboy, das war ja erste Sahne!" freute sich Tesch.

„Was machen wir jetzt, Tesch."

„Wir müssen Lisa befreien."

„Ja, das weiß ich selber, aber wie?"
„Wir brauchen Hilfe." piepste Sliss
plötzlich.
„O.k., aber woher sollen wir die nehmen?"
„Beschwöre doch noch ein paar Dämonen!"
antwortete Tesch spöttisch.
„Also, ich weiß nicht, ob das eine so gute
Idee ist. Vor allem, wie werde ich, solche
Typen wie dich, anschließend wieder los?
Womöglich habe ich, die dann mein ganzes
Leben an der Backe kleben!"
„Stimmt, einer reicht."
„Danke Sliss!"
O.k., das löst aber immer noch nicht das
Problem, das wir haben. Also dachte ich
nochmal über die Idee mit den Dämonen
nach, dann über die verschiedenen Stufen.
Denn wenn, brauchten wir einen mächtigen.
„Tesch, wenn wir noch einen Teufel
beschwören, muß es ein starker sein, und
vor allem, möchte ich dabei nicht
draufgehen."
„Also mir wäre es auch lieber, wenn das
nicht passiert, denn ich will nicht mehr in
meine Welt zurück."
Da fiel mir auf, daß Tesch eigentlich nie
darüber sprach, wo er eigentlich herkam.
Sliss sah sehr besorgt aus.
„Was haben wir sonst noch für eine Wahl?"

Der Magier Regan

Doch plötzlich hörte ich Schritte. Ich versteckte mich in dem Wurzelgeflecht, und machte den Eingang dicht. Jetzt sah ich einen alten Mann, der mir sehr bekannt vorkam. Tatsächlich, es war Ergat, unser Hausmeister, und im Schlepptau, Traip und Serfina.

„Meister Regan sagte doch, daß wir ihn hier finden." sagte Serfina.

„Wärt ihr schneller gewesen, hätten wir ihn noch im Dorf erwischt, aber ihr seid ja zu nichts zu gebrauchen. Ich weiß nicht, warum sich der Meister mit euch noch abgibt. Die Aufgabe war so einfach! Bringt den Dolch zu ihm! Aber nein, ihr mußtet ja in das Herrenhaus laufen. Toll, und dann laßt ihr euch auch noch, von einem Bengel, den Dolch abnehmen. Aber eines ist mir schleierhaft, wie die es in diese Welt geschafft haben?"

Serfina sah etwas geknickt aus. Doch wo war der wandelnde Schatten? Da es schon langsam dunkel wurde, konnte man ihn nicht so leicht erkennen, doch eine Stimme neben mir, löste auch dieses Problem.

141

„Ergat, hier ist er!"

Mit einem gewaltigen Rums, riß Traip das Astgeflecht nieder. Eine kräftige Hand packte mich, und zog mich aus meinem Versteck. Ich sah Traip ins Gesicht.

„Hi, du bist es!" dann tippte ich ihn, mit meinem Finger an. Traip zog mich, ohne einen Anflug von einem Lächeln, zu Ergat. Der fragte gleich drauflos: „Wo ist der Dolch?"

Tja, ein nettes Hallo, hätte das Eis ja gebrochen, aber so stellte ich mich auf stur.

„Keine Ahnung, vielleicht hat ihn ja Morgan."

Bei dem Namen flippte Ergat fast aus, und schimpfte wild. Ich sah zu Serfina hinüber, die sich gerade mit Slett unterhielt. Traip hielt mich immer noch fest. Ich versuchte meine Gedanken zu sammeln.

„Tesch, bist du noch da?"

Ein bißchen mußte ich warten.

Doch dann: „Klar Meister, soll ich sie alle meucheln?"

„Sind das nicht ein bißchen viele?"

„Meister Jim, vergessen, ich bin unsterblich."

„Ja, aber nur solange mir nichts passiert."

„Ach, da war doch was."

Plötzlich merkte ich wie zwei Knöpfe an

meinem Hemd aufgingen, und etwas in mein Hemd schlüpfte. Das kitzelte so sehr auf meiner Brust, daß ich mir das Lachen verbeißen mußte. Traip schaute mich nur zuwider an.

„Wir müssen zurück, auf die schwarze Burg, und der da kommt mit!".

Dabei zeigte er auf mich. Im selben Augenblick merkte ich, wie sich etwas um mein Bein klammerte. Doch als ich nach unten sah, konnte ich niemanden erkennen. Mein Gefühl sagte mir aber, daß es Tesch war. O.k., wer sollte es denn sonst sein. Ergat streute ein grünes Pulver auf den Boden, und sprach ganz leise eine Formel. Obwohl ich mich stark konzentrierte, konnte ich trotzdem nicht viel verstehen. Dann zog grüner Nebel auf, und alles wurde unscharf, und verschwommen. Der Wald verschwand, und eine schwarze Mauer wurde sichtbar. Wie hat denn das funktioniert? Was war das für ein Pulver, und das wichtigste, wo kann ich das kaufen? Doch viel Zeit zum Nachdenken hatte ich nicht, denn Traip schleppte mich durch einen schwarzen Gang.

Als es dann auf eine Treppe zuging, sagte ich „stopp", ich kann selber laufen."

Traip schnaubte bloß, und zog mich weiter.

143

Tesch hatte mittlerweile mein Bein
losgelassen, und Sliss war auch aus meinem
Hemd geklettert. Ich machte mir richtig
Sorgen um Lisa. Was wird Morgan mit ihr
machen, wenn keiner kommt, und ihm den
Diamanten bringt. Ich wollte es mir lieber
nicht ausmalen.

So, jetzt standen wir vor einem großen,
silbernen Tor. Es hatte schwarze
Verzierungen, die wie Blätter aussahen.
Obwohl keiner angeklopft hatte, ging die
Tür mit einem lauten Knarren auf. Dahinter
lag ein großer, nicht besonders heller Saal.
Er wurde von nur einem großen Diamanten,
der in der Mitte des Raumes hing,
beleuchtet. Links und rechts standen breite
Säulen, dazwischen führten drei Stufen nach
oben zu einem Podest, auf dem sich ein
großer Thron befand. Er war komplett aus
schwarzem Marmor, und in ihm saß ein
alter Mann.

Er sah eher klein aus, weißes Haar hing wie
Stroh an ihm herunter, und sein altes
Gesicht zierte ein kleiner Schnauzbart.
Doch seine Augen strahlten in einem hellen
Grün. Er trug einen schwarzen, ledernen
Mantel ohne Ärmel, darunter ein weißes
Hemd. Der Mantel ging bis zum Boden, so
daß man nicht viel von seiner schwarzen

144

Lederhose sah. Als er aufstand, merkte man erst, wie groß er wirklich war. Er ging zwar etwas gebückt, und wirkte auf den ersten Blick gebrechlich, doch es steckte viel Lebensenergie in ihm.

Traip zog mich durch den Raum, und ließ mich auf die erste Stufe fallen. Ich schaute nach oben, und blickte direkt in Regans Augen.

„Was soll ich mit dem Bengel?" donnerte seine Stimme durch die Halle.

Ergat trat hervor: „Er weiß, wo der Dolch ist, Meister."

„Junge, stimmt das?" dröhnte seine Stimme wieder.

Von seinem beeindruckenden Auftreten etwas eingeschüchtert und fasziniert zugleich, nickte ich nur.

„Wo ist der Dolch?"

Also wenn er unbedingt wissen will, wo der Dolch ist, dann sag ich es ihm.

„Morgan hat den Dolch."

Er merkte gar nicht, daß er immer jünger wirkte, je näher er mir kam. Er hob seine Hand in Richtung Ergat.

„Ezanistra" - ein gelber Blitz schoß hervor, und traf Ergat mitten in die Brust. Der fiel mit einem lauten Aufschrei zu Boden.

„Nichtsnutziges Pack!"

145

Serfina ging ein paar Schritte zurück.

„Serfina nimm Slett, und versucht rauszufinden, ob Morgan schon das Geheimnis kennt!", donnerte seine Stimme wieder.

Er sah wirklich viel jünger aus, als zuvor.

Warum bemerkte das eigentlich niemand.

„Nur Tölpel um mich rum."

Dann wandte er sich zu Traip.

„Pack den Jungen, und schmeiß ihn in den Kerker, der soll da unten verrecken."

Anschließend ließ er sich wieder auf seinem Thron nieder. Traip wollte mich gerade packen, als er auf einmal zu Boden geworfen wurde.

Regan brüllte: „Was ist hier los?"

Ich stand auf, und schaute mich um. Doch seine Hand packte mich, und das nicht gerade sanft. Nun ging er zu Traip, der mittlerweile tot auf dem Boden lag, und aus zwei kleinen Löchern am Hals, blutete. Ich wußte sofort, was passiert war, mein Rettungstrupp war gekommen. Auf Tesch und Sliss war einfach Verlaß. Doch, wie sollten wir uns nur gegen Regan durchsetzen? Daß er wütend war, konnte man an seinem Gesichtsausdruck erkennen. Er kam auf mich zu, und stellte mich auf die Beine.

„Was ist hier los?"

Dann hob er mich mit einer Hand hoch, und schon baumelte ich ca. 10 cm über dem Boden. Plötzlich, wie vom Blitz getroffen, ließ er mich wieder fallen, und schaute seine Hände an.

„Du! Du hast den Diamanten bei dir, wo ist er?"

Ich rappelte mich auf, und ging ein paar Schritte zurück. Regans Haare wurden langsam dunkelbraun, sein Gesicht verlor an Falten, und er stand jetzt in voller Größe vor mir. „WO ist der Diamant!" hallte jetzt seine Stimme, noch gewaltiger als vorher, durch die Mauern.

Ich konzentrierte mich auf Tesch.

„Was soll ich jetzt tun?"

Diesmal kam prompt eine Antwort.

„Also wenn du ihm den Stein gibst, bist du tot, wenn nicht - auch, und ich muß wieder zurück. Also, ich möchte jetzt nicht mit dir tauschen."

„Toll, auf so eine Antwort kann ich echt verzichten."

„Tut mir sorry Meister, aber ich bin nur ein Dämon der Stufe fünf, und das ist ein recht mächtiger Magier."

„Wie viele Stufen gibt es denn?"

„Sieben. Wieso?"

147

Während ich mit Tesch redete, ging ich immer weiter nach hinten. Doch Regan merkte etwas.

„Wo ist dein Dämon, Kleiner?" brüllte er mich an.

„Tesch zeig dich."

„Nö, bin doch nicht blöd."

„Tesch, sofort."

„O.k."

Dann erschien Tesch, nicht weit von mir.

„Ah, ein Dämon der Stufe fünf. Gar nicht schlecht, für so einen mickrigen Magier."

„Ich bin kein Magier! Ich bin nicht mal aus eurer Welt."

„Wie, du bist nicht von unserer Welt?"

„Nein, ich komme aus einer ganz anderen."

Dann lachte Regan laut auf.

„Ja, das sieht dem alten Rafael ähnlich, mir den Dolch stehlen zu lassen, um ihn dann in einer anderen Welt zu verstecken. Er weiß genau, daß ich ohne meine ganzen Kräfte, dort nicht hinkann."

Dann wandte er sich wieder mir zu.

„Du mußt ein Magier sein, sonst hätte dich der Dämon schon lange umgebracht. Aber dieses Versäumnis werde ich gleich nachholen."

„Wieso willst du mich den töten?" fragte ich scheinheilig. „Weil nur du, und dein Dämon wissen, daß der Diamant wieder in meinem Besitz ist!" war die prompte Antwort.

Dann hob er die Hand: „Ezanistra", und schon schoß der gelbe Blitz auf mich zu. Doch während Regan redete, zog ich den Diamanten aus meiner Tasche, und hielt ihn in der Hand. Dann streckte ich ihn dem Blitz entgegen, und dieser tauchte tief in den Edelstein ein. Nun konnte man einen lauten Schrei aus dem Stein hören. Dann schoß der Blitz wieder heraus, Richtung Regan, der jetzt so alt aussah, wie vorher. Als der Blitz ihn mitten ins Herz traf, brach er zusammen, doch er gab keinen Ton von sich. Plötzlich spürte ich ein furchtbares Stechen in meinem Kopf, dann im ganzen Körper. Ich war kurz vorm Zusammenklappen, doch Tesch stützte mich so gut es ging. Jetzt sah ich, wie aus meinem Körper ein dicker, weißer Faden direkt auf den Diamanten zuflog. Ich versuchte, ihn mit der anderen Hand zu packen, doch er wurde wie magisch von dem Stein angezogen. Dann verschwand der Faden in ihm, und ich fühlte mich für ein paar Sekunden leer, doch das Gefühl verflüchtigte sich schnell. Nun ging es mir schon besser, ich stand auf, und ging zu Regan hinüber, der regungslos am Boden

149

lag. „Der ist tot, mausetot!" sagte Tesch.
„Da stimme ich dir zu." piepste Sliss.
Ich hätte beinahe vergessen, daß sie ja auch
noch da war. Auf einmal stieg von Regans
Körper silberner Dunst auf, formte sich zu
einer großen Kugel, und schoß mit voller
Wucht auf mich zu. Das riß mir wieder die
Füße weg, und ich blieb ein paar Minuten
liegen, doch komischerweise fühlte ich mich
jetzt super, voller Kraft und Energie.
„Na Jimmi, wie ist das?"
„Tesch, wie ist was?"
„Unsterblichkeit?"
„Wie, Unsterblichkeit?"
„Du hast Regan besiegt! Nun ist ein kleiner
Teil deiner Seele in den Diamanten
gewandert. Sogar seine Kräfte sind auf dich
übergesprungen, obwohl du keinen Dolch
hast." Was, wenn Tesch recht hatte, und …
nein, das kann nicht sein! Doch ich konnte
mich an etwas erinnern, das ich gar nicht
erlebt hatte … Nein, das war nicht meine
Erinnerung, sondern die von Regan.
„Tesch, kannst du sie sehen?"
Er suchte kurz meine Gedanken ab.
„Ja".
Sie erschien so klar, als ob ich sie selbst
erlebt hätte.

Regans Geschichte

Es war Regan als Kind. Er spielte im Hof, vor seinem Elternhaus, und war glücklich, doch die anderen Kinder hänselten ihn, weil er anders war. Er hatte nicht die Kraft, sich mit ihnen zu prügeln, also ging er ihnen aus dem Weg. ... Dann verschwand alles. Jetzt sah ich, wie das Haus brannte, und er versuchte, seine Eltern zu retten, doch es gelang ihm nicht. Nur mit Mühe, war er in der Lage, sich selbst retten, und schaffte es bis zum schwarzen Wald. Seine Trauer und seinen Haß, konnte man deutlich spüren. ... Dann verschwamm wieder alles. Das nächste, das ich sehen konnte, war, wie ein alter Mann vor einem goldenen Altar kniete, und den roten Diamanten in der Hand hielt. Der Boden war mit verschiedensten Zeichen bemalt, und alle begannen zu leuchten, als er seine Beschwörungsformeln rauf und runter betete. Anschließend konnte man deutlich einen weißen, dicken Faden aus seinem Körper kommen sehen, der plötzlich in dem Diamanten verschwand. Dann veränderte Regan sich, und auf einmal kniete ein,

gerade mal 20 Jahre alter Mann, vor dem
Altar. Als er aufstand, konnte man sein
Gesicht erkennen. Doch die Narbe, von der
Spurtz gesprochen hatte, sah ich nicht.
Regan ging aus der Höhle, und brachte
diese mit ein paar Zaubersprüchen zum
Einstürzen. Jetzt stand er mitten in der
Wüste. Dann wanderte er los. Fast eine
Woche dauerte es, bis er ein Dorf erreichte.
Er suchte sich eine Unterkunft, und
besuchte anschließend, den dort ansässigen
Waffenmeister. Dieser sollte ihm einen
besonderen Dolch herstellen. Regan gab
ihm den Diamanten, blieb aber so lange bei
ihm, bis dieser mit seiner Arbeit fertig war.
Denn den Stein würde er nicht mehr aus den
Augen lassen, und in einem Stilett würde
dieser am wenigsten auffallen.
Jetzt sah ich einen Kampf. - Das muß der,
mit dem Magier Gresta, gewesen sein. - Die
beiden wälzten sich am Boden, quer durch
die ganze Schreibstube. Dann zog Gresta
ein Messer, doch Regan war schneller, und
bohrte ihm seinen Dolch mitten ins Herz.
Gresta schrie fürchterlich auf, und der
Dolch saugte die silberne Energie aus
seinem Körper. Regan spürte es, es fühlte
sich toll an.
… Dann, auf einmal, saß Regan auf seinem
152

Thron. Er mußte jetzt 200 Jahre alt sein, denn er plante gerade einen großen Krieg gegen alle anderen Magier und Wesen dieser Welt. Er wollte Macht, über alles und jeden. Er plante, seine Truppen in alle Winkel dieser Welt zu schicken, um sie zu zerstören. Seine Streitmacht bestand aus einem Heer von Orks, Trollen, Vampiren und anderen Schattenwesen. Niemand konnte ihn jetzt mehr aufhalten.

Doch das täuschte, denn ein kleiner Magier, namens Rafael Greda, versuchte das Unmögliche. Ihm war klar, daß man einen Diamanten nicht einfach zerstören konnte, denn von ihm hing die Macht des jeweiligen Besitzers ab. Also ging er, mit seiner Elfe im Schlepptau, zum schwarzen Schloß.

Er wußte, daß Regan machtgierig war, also machte er sich keine Gedanken, nicht empfangen zu werden. Er hatte alles geplant, sogar seinen eigenen Tod, denn nur so würde es gelingen, dem ganzen ein Ende zu bereiten. Und als der Kampf zwischen den beiden begann, flog der Dolch Regan aus der Hand, und landete auf dem Boden. Während er den kleinen Magier würgte, achtete er nicht auf die Elfe. Das war sein größter Fehler, denn die schnappte sich den Dolch, und flog davon - zu Rafaels Sohn,

153

der diesen in einer anderen Welt verstecken sollte. Jahrhunderte suchte nun Regan nach dem Messer, aber nicht nur er, sondern auch viele andere böse Magier. Denn Unsterblichkeit verlockt schon sehr.

Lisas Befreiungsversuch

Ich versuchte, wieder einen klaren
Gedanken zu fassen.
„Jim, noch da?"
„Ja, Tesch, alles o.k."
„Ich hab dir doch gesagt, du sollst dich
abschirmen, sonst macht es dich verrückt.
Denn zu der Kraft von deinen Gegnern,
gehören auch ihre Gedanken, Leid und
Schmerzen. Das ist das, was den besten
Magier um den Verstand bringen kann."
„O.k., das stimmt."
Lisa, ich hab Lisa völlig vergessen.
„Tesch, wir müssen Lisa befreien."
Wir verließen den Raum, und liefen die
Treppen hinunter, dann den Gang entlang.
„Stopp, Jim!" schrie Sliss mir hinterher.
Ich blieb prompt stehen. Sie hielt mir einen
kleinen Beutel vors Gesicht, und lächelte,
Ergats Täschchen, mit dem „magischen
Pulver". Aber klar, er lag ja noch da oben
herum, doch ich hatte den Spruch leider
nicht verstanden.
„Das macht doch nichts, du hast ihn
irgendwo hier in deinem Kopf." sagte
Tesch.

O.k. ich konzentrierte mich, und tatsächlich, da war er. Ich verstreute das Pulver so, wie Ergat es gemacht hatte, und sagte: „Untzer lebvy zless brolex tiss" und setzte ‚Lisa' noch an das ans Ende."

Grüner Nebel quoll aus der Erde. Unsere Umgebung verschwand, und ein paar Sekunden später, fanden wir uns auf einem schmalen Pfad wieder, der zu Morgans Versteck führte.

„O.k. ihr zwei, seid ihr bereit? Das wird kein Zuckerschlecken."

Dann versicherte ich mich, daß ich den Diamanten auch wieder in die Tasche gesteckt hatte. Wir gingen den Weg bis zur Lichtung, dann durch die erste Tür, und die Treppen hoch. Jetzt waren wir angekommen. Ich schaute mich im Raum um, und fand, unter dem Rohdiamanten, einen kleinen Käfig. In ihm saß Lisa, die sehr mitgenommen wirkte. Es sah sogar aus, als ob Morgan sie gefoltert hätte. Daneben hockte Spurtz auf dem Boden, und nagte an einem Knochen.

„Sliss mach dich unsichtbar, bitte!" flüsterte ich, und mit einem „Plopp" war sie verschwunden.

„Soll ich mich auch unsichtbar machen, Meister?"

„Tesch du Feigling, nein du bleibst bei mir."
„O.k."
Dann betrat ich den Raum. Spurtz hörte
sofort meine Schritte, und schreckte hoch.
Der Magier Morgan saß auf seinem Stuhl,
und grinste hinterfotzig: „Was hat dich denn
bisher aufgehalten, deine Freundin zu
retten?"
„Ach, lange Geschichte, aber die erzähl ich
dir, in deinem nächsten Leben ..."
„Wow", ich wußte gar nicht, daß ich so
selbstsicher auftreten kann. Was ein bißchen
Unsterblichkeit, so alles ausmacht. Morgan
stand von seinem Sessel auf, und kam ein
paar Schritte auf mich zu. Doch mein Blick
richtete sich immer noch Richtung Lisa, die
sich nicht bewegte.
„Wo ist der Diamant?" schnautzte er mich
an.
„Was ist mit Lisa?" schnautzte ich zurück.
„Bis auf ein paar kleine Kratzer geht es ihr
gut." antwortete Morgan ungeduldig.
Mein Lieblings-Dämon in meinem Kopf,
sagte nun: „He Jimmi, du bist jetzt einer der
größten Magier, die es je gab!"
„Heißt das, ich könnte auch mit Lisa mental
in Verbindung treten?"
„Jepp, du mußt dich nur genügend
konzentrieren."

Ich versuchte, vorsichtig in Lisas Kopf einzudringen, denn ich wollte ihr ja nicht wehtun.

„Lisa, hörst du mich?"

„Nein, sag nichts! Denke es nur!"

Es dauerte etwas länger als bei Tesch, doch dann hörte ich etwas.

„Jim?"

„Ja. Wie geht es dir?"

„Wo ist der Diamant!" brüllte Morgan mich jetzt an.

Doch ich ignorierte ihn, und widmete mich wieder Lisa.

„Was haben sie mir dir gemacht?"

„Sie haben mich gefoltert, doch ich habe nichts verraten."

Ich merkte, wie Wut und Haß in mir aufstiegen. Gedanken flüsterten, wie Stimmen, in meinem Kopf.

„Bring sie um, sie haben es verdient."

„Nein, ich bin kein Mörder."

„Aber sie haben es wirklich verdient! Schau, was sie mit deiner Freundin gemacht haben!"

Ich wehrte mich, versuchte eine Mauer aufzubauen, doch es funktionierte nicht. Wieder und wieder, hörte ich die innere Stimme.

„Jetzt mach schon, es ist doch ganz

einfach."

Ich konzentrierte mich noch stärker, und endlich schaffte ich es. Jetzt war ich wieder Herr meiner Gedanken.

„Lisa!"

„Ja?"

„Gut, wir versuchen jetzt, dich dort rauszuholen."

„Habt ihr einen Plan?"

„Nö, wir improvisieren ein bißchen."

Morgan schrie schon wieder: „Wo ist der Diamant?"

„Bei Regan, und der wird dir den Arsch aufreißen."

Morgan machte ein paar Schritte zurück.

„Regan hat den Stein? Das ist unser Untergang."

„Na ja, du wärst auch nicht besser gewesen."

„Doch, ich hätte alles unter Kontrolle gehabt."

„Klar, dann schau in den Käfig, nennst du das Kontrolle? Nein, du bist genauso machtversessen wie Regan."

Er schaute sich zum Käfig um.

„Du würdest auch über Leichen gehen?" schrie ich.

„Nein, nein ich habe noch nie jemanden getötet."

„Meinst du, foltern ist besser?"
Morgan ging zu seinem Sessel, und ließ sich
hineinfallen.
„Und was ist mit Spurtz, ein Dämon, der
von der Angst anderer lebt?"
„Er ernährte sich doch nur von den Ängsten
des Mädchen."
„Meister, hör nicht auf die beiden!" brüllte
Spurtz.
„Ezanistra" rief ich, und richtete meine
Hand auf Spurtz. Klar wußte ich, daß ich
ihn nicht töten konnte, aber ein bißchen
Schmerzen zufügen, war auch nicht
schlecht. Er flog fast zwei Meter nach
hinten, und krümmte sich vor Schmerzen.
Doch ich vergaß, daß diesen Schmerz auch
Morgan spürte, der laut aufstöhnte.
„Klasse Meister, gab es keinen anderen
Zauber in deinem Kopf?"
„Ups".
„Na ja, mir fiel gerade kein besserer ein."
„O.k., Entschuldigung angenommen. Aber
laß dich nicht davon verleiten, was jetzt in
dir ist, und versucht, dich zu beeinflussen."
Ich wußte genau, was er meinte. Wenn ich
meinen Gefühlen nachgebe, und mich
dagegen nicht wehren kann, werde ich wie
Regan.
Ich schaute erst zu Morgan, der immer noch
160

in seinen Stuhl saß, dann fiel mein Blick auf
Spurtz, der sich gerade wieder
hochgerappelt hatte, und jetzt brüllte:
„Dafür werde ich dich umbringen!"
„Versuch's doch!"
„Also, ich würde ihn nicht reizen, er ist ein
Dämon der Stufe vier." meldete sich Tesch
in meinem Kopf.
„Tesch es gibt sieben Stufen, oder?"
„Ja."
„O.k., also erst eins, dann zwei, und
weiter?"
„Ja, drei, vier, und so weiter, und so weiter...
Was soll die blöde Frage?"
„Gut, was kommt nach vier?"
„Fünf. Und jetzt?"
„Regan hat gesagt, du bist Stufe ...?"
„Fünf, wieso? Oh, „ups", da war was."
Tesch schoß an mir vorbei, und knallte
Spurtz eine, daß er wieder auf dem Boden
der Tatsachen landete. Morgan stand auf,
und kam ein Stück näher. Doch Spurtz war
in seinem Kopf, wie Tesch in meinem. Mir
wurde klar, daß eigentlich er dafür
verantwortlich war, was aus Morgan wurde.
Denn er, setzte ihm, das mit der
Unsterblichkeit in den Kopf, damit er sich,
dann auf ewig, an der Angst der Kinder
weiden konnte. Doch ich denke, daß das mit

der Ewigkeit so eine Sache ist!
Ich war echt froh, daß ich mit Tesch ein
Riesenglück hatte. Er war zwar von einem
Leben, für immer, in unserer Welt nicht
abgeneigt, aber er half mir mehr, als mich
zu manipulieren. Ihm lag es daran, mich am
Leben zu erhalten, damit er die Welt
genießen konnte. Nein, er versuchte nicht,
mich zu beeinflussen, obwohl er wußte, daß
ich den Diamanten besaß.
„Danke für die Blumen."
„Tesch, raus aus meinem Kopf."
„He, ich sagte dir doch, du sollst dich
besser abschirmen."
„O.k., lassen wir das Thema jetzt. Wie
werden wir Spurtz los?"
Wie auf Kommando sprang Spurtz auf
Tesch zu, und biß ihn in die Schulter.
Ah, ich merkte seinen Schmerz, als würde
mir jemand ein Messer hineinrennen.
„Tesch, alles klar?"
„Paßt schon."
Dann warf er Spurtz über seine Schulter,
und trat ihm kräftig in den Magen. Doch
Spurtz rappelte sich auf, packte Tesch und
schleuderte ihn gegen die Wand. Auch
diesen Schmerz spürte ich.
„Jim, schirm dich endlich ab, und denke
über Lisas Befreiung nach."

162

Ich konzentrierte mich auf meine Barriere, und ganz langsam baute sie sich um meinen Geist auf. Als Tesch gegen den Boden gedrückt wurde, spürte ich rein gar nichts. „Tesch, kommst du klar?" rief ich nun zu ihm hinüber.

Dann merkte ich, wie etwas gegen meine Barriere klopfte, doch nicht durchdringen konnte.

„Jetzt geht es mir super!" lachte er, und im gleichen Augenblick verpaßte er Spurtz einen rechten Haken. Ich ging nun zum Käfig hinüber, als plötzlich zwei dieser Höllenhunde hinter den Säulen hervorkamen. Einer sprang direkt auf mich zu, ich duckte mich, und er verfehlte mich knapp.

Dann stand ich auf, und sprach:

„Dasingon", und mit einer lauten Explosion verschwand der erste. Der zweite kläffte laut, und sauste auf mich zu.

„Uzerta". Sofort schoß eine Druckwelle aus meiner Hand, und traf dieses Vieh, das sogleich, gegen einen der Schaukästen geschleudert wurde. Verwundert, über einen Zauberspruch, der einfach so in meinem Gedächtnis erschien, war ich etwas unachtsam. Der Höllenhund rappelte sich auf, und sprang mich erneut an. Er warf mich zu Boden, sein Maul schnappte nach mir, und sein Sabber tropfte mir ins Gesicht. Ich versuchte mich unter seinen Klauen zu befreien.

„Friß ihn endlich, du blödes Vieh!" schrie Spurtz.

„Tesch, mach ihn platt."

„Meister, das geht nicht so einfach."

Endlich bekam ich eine Hand frei.

„Uzerta" ... Jetzt wurde das Vieh gegen die Decke geschleudert, dann knallte es wieder auf den Boden. Ich wußte, daß es nicht anders ging, als den Hund zu töten, und eigentlich war es ganz einfach. Doch sollte ich dem Verlangen wirklich nachgeben? Aber ich hatte keine Wahl.

„Ezanistra", der Blitz traf ihn, und er sackte zusammen. Morgan hatte sich, die ganze Zeit, nicht von seinem Platz gerührt. Jetzt ging ich zu dem Käfig, nahm das Schloß in die Hand, und sagte „Dasingon". Mit einer, diesmal leisen Explosion, zerbröselte es in meinen Fingern. Ich öffnete nun die Käfigtür, und schon fiel mir Lisa um den Hals. Jetzt müssen wir aber Tesch helfen, dachte ich mir.

Wir gingen auf Morgan zu, der alles mitverfolgt hatte.

„Was hab ich getan?"

164

„Tja, Scheiße gebaut, würde ich jetzt mal sagen."
Wieder klopfte etwas an meine Barriere, ich öffnete sie und ließ es ein. Doch es war nicht Tesch, sondern Morgan, der mir eine Erinnerung schickte.

Die Geschichte von Morgan.

Ich sah, wie Morgan in jungen Jahren, in der Zauberschule lernte, wie man kleine Dämonen der Stufe eins beschwört. Doch auch ein paar Angeber, waren unter den Klassenkameraden zu finden, die sich schon auf höhere Ebenen wagten. Der Vorteil in der Schule war, daß sehr starke Magier einen Weg gefunden hatten, das Pentagramm so umzuformen, daß der Dämon dort gefangen war, und wieder in seiner Dimension verschwand, wenn der Zauberer aus dem Zimmer ging.
Morgan war ehrgeizig, und übte auch zu Hause. Doch eines Abends beschwor er einen Teufel, der eine Nummer zu groß, für sein Können war. Es war ein Germling. Er hatte schon etwas von dieser Sorte Dämonen gehört. Sie ernähren sich von Angst, und solange sie nicht gebraucht werden, nisteten sie sich unter den Betten kleiner Kinder ein. Doch Spurtz war anders, er war schon immer etwas böser als andere,

166

und so kam es, daß er die Kinder, die keine Angst hatten, einfach auffraß. Doch Morgan konnte ihn nicht ohne weiteres zurückschicken, denn er hatte nur ein normales Pentagramm benutzt. Also versuchte er, ihn so unter Kontrolle zu halten. Das erforderte viel Arbeit, doch es gelang ihm nach und nach.

Dann machte er seinen Abschluß, und wurde als begabtester Magier, mit Auszeichnung entlassen. Er widmete sich nun der dem Studium der Alchimie. Hier stieß er auf die Legende von Regan, dem machtbesessenen Zauberer. Morgan aber dachte, daß man mit dem Diamanten, und der damit verbundenen Unsterblichkeit, auch Gutes bewirken kann. Spurtz jedoch witterte seine Chance, ewig in dieser Welt zu bleiben. Er bestärkte Morgan in seinem Vorhaben, den Dolch mit diesem Diamanten zu suchen.

Jahre später traf der Alchimist, tatsächlich einen alten Mann, namens Ergat, der ihn zu Regan führte. Spurtz war sofort Feuer und Flamme für den Magier, und Morgan merkte, daß Spurtz lieber dessen Dämon wäre. Doch er ignorierte seine Gefühle, da sich eh nichts ändern ließ, denn sie waren auf ewig miteinander verbunden. Nach

167

einem kurzen Gespräch mit Regan, merkte Morgan, daß dieser, sich kein bißchen verändert hatte.Er war immer noch voller Haß, und gierig nach Macht. Er versprach ihm, wenn beide den Dolch finden, würde er ihn auch von Spurtz befreien, denn er fühlte, daß Morgan, mit Spurtz an seiner Seite, nicht glücklich war. Doch Spurtz wußte, daß es für einen Teufel keine Möglichkeit gab, seinen Besitzer zu wechseln.

Darauf ließ der Alchimist sich jedoch nicht ein, aber je stärker er wurde, umso stärker wurde auch sein Dämon. Er hatte die Suche schon längst aufgegeben, doch eines Tages berichtete ihm Spurtz, er hätte Ergat in einer anderen Welt gesehen. Denn Teufel sind, wenn sie gerufen werden, nicht unbedingt an eine Welt gebunden, nur in ihre Dimension können sie nicht mehr zurück. Was für Spurtz, und ein paar seiner Artgenossen, gar nicht so schlimm war. Morgan schickte ihn also zum Spionieren, zu Ergat. Was Spurtz nicht wußte, war, daß er eigentlich vorhatte, den Dolch zu vernichten, denn diesen Gedanken konnte Morgan sehr gut vor ihm verbergen. Mit der Zeit lernte er auch, andere Gedanken vor ihm geheimzuhalten. Vor Regan hatte er jedoch Angst, darum schlug Spurtz vor, ihm,

168

zu seiner Sicherheit, die Höllenhunde dazulassen.

Doch nachdem Morgan den Dolch in der Hand hielt, malte er sich aus, wieviel Macht er haben würde. Somit war er nicht anders als Regan. Spurtz witterte seine Chance, und schaffte es, seinen Herrn in die Bahn zu lenken, die er für richtig hielt.

Auf einmal spürte ich Morgans Stimme: „Nun sieh mich an, das alles hier habe ich nie gewollt!"

Morgans letzte Tat.

Die Erinnerung erlosch, und ich zog meine
Barriere wieder hoch. Lisa, die immer noch
neben mir stand, war entsetzt. Ja, ich hatte
sie, an dem Rückblick, teilhaben lassen.
Jetzt erhob sich Morgan aus seinem Stuhl,
und ging zu seinem Schreibtisch. Ich
schaute zu Tesch, der immer noch mit
Spurtz kämpfte. Sliss flog immer wieder
nahe an den Germling heran, und lenkte ihn
ab. Damit verschaffte sie Tesch ein paar
Sekunden Verschnaufpause.
„Na ihr beiden, spielt ihr schön?" rief ich
ihnen zu.
„Witzig Jimmi, aber wenn ich mit ihm fertig
bin, bist du dran!"
„Das glaub ich nicht, Spurtz." gab ich
zurück.
Jetzt kam Morgan auf mich zu, und reichte
mir den Dolch.
„Töte mich, nur so können wir Spurtz
zurückschicken."
„Nein."
„Es ist doch eh zu spät, Regan hat den
Diamanten, wir werden alle sterben."
„Nein, ich habe den Diamanten, und Regan
170

gibt es nicht mehr."
Als ich diesen Satz sagte, ließ Spurtz Tesch los.
„Du lügst!" brüllte er.
„Nein, er hat recht." antwortete Tesch.
Ich schickte beiden den Augenblick, in dem Regan starb, und baute die Barriere wieder auf. Spurtz plumpste vor Schreck auf den Boden. Sogar Morgan schaute mich komisch an, und ließ den Dolch fallen. Es ist vorbei, dachte ich mir im Stillen. Doch Spurtz schoß blitzschnell hervor, griff nach dem Messer, und rammte es in Morgans Brust. Dann schrie er.
„Morgan, du elender Versager, wir hätten ewig leben können! Aber nein, ein windiger Junge besiegte Regan."
Doch Morgan lächelte Spurtz an.
„Nein, hätten wir nicht, denn wir hätten miteinander auskommen müssen. Der Junge aber hatte Freunde, auf die er sich verlassen konnte, das hätten wir nie gehabt. Nun Spurtz, gehe in deine Dimension zurück, und warte bis dich ein anderer Magier ruft. Vielleicht schaffst du es beim nächsten Mal besser, denn für mich gibt es kein nächstes Mal. Das war's, und doch bin ich froh, euch alle gekannt zu haben. Junge gib mir deine Hand, und nutze das, was du bekommen

hast, weise, weiser als ich es je tat."
Spurtz schaute mich nur mit großen Augen
an. Ich nahm Morgans Hand, dann schloß
er seine Augen für immer. Silberner Dunst
trat aus seinem Körper hervor, und
verschwand in meinem. Dann sah ich zu
Spurtz, der sich gerade auflöste, bis er
endgültig verschwand. Wir trugen Morgan
hinaus auf die Lichtung, und begruben ihn,
wie es sich gehörte.
Dann verließen wir die Berge, und wollten
nur noch nach Hause. Doch wie? Aber Sliss
zog mich an der Hand, und erinnerte mich
an den Beutel von Ergat. Wir stellten uns
auf, und ich sprach ein paar Worte, die mir
in meinen Kopf erschienen. Dann streute
ich etwas Pulver auf den Boden, und alles
verschwand vor unseren Augen. Das
nächste, was wir wieder erkennen konnten,
war die Auffahrt zu unserem Haus. Jetzt erst
merkte ich, daß ich die ganze Zeit Lisas
Hand hielt. Mit gemischten Gefühlen ging
ich weiter, denn jetzt kam mir Tami in den
Sinn, die sterben mußte, weil sie zur
falschen Zeit, am falschen Ort war. Als wir
die Haustüre öffneten, sahen wir das Chaos,
doch Tamis Leiche war verschwunden.
Jemand hatte sie weggeschafft, das müssen
Ergat und seine Helfer gewesen sein.

172

Ich machte die Glotze an, und erfuhr daß es gerade mal eine Woche her war, seit wir weg waren. Das heißt, meine Eltern kommen erst in 7 Tagen zurück. Sliss nistete sich in unserem Speicher ein, und Tesch, tja, der folgte mir wie ein Hund. Ergats altes Häuschen stand nun leer. Lisa half mir beim Aufräumen, dann verabschiedete sie sich. Ihren Eltern erzählte sie, daß sie die Woche bei mir verbracht hatte, um zu helfen, da unsere Haushälterin plötzlich verschwunden war. Das waren schon ganz komische Ferien.

Ende?

Und Jetzt .....?

Gute Frage ...?

Ah......

Ein ehrliches, aufrichtiges nicht
überzogenes und völlig erstgemeintes
Dankeschön geht an:

Melanie Wiedner
(Meine Frau, die ich sehr liebe.)

Meiner Lektorin die namentlich nicht
genannte werden möchte.
(Kann ich bei meinen Büchern verstehen.)

An meine Testleser
(Die sich auch weigern namentlich genannt
zu werden.)

Auch ein Dankeschön an meine Leser
natürlich.

Über den Autor :

Frank Michael Wiedner,

geboren am 06.04.1978 und lebt als freier Autor in Penzberg

Mit Witz und Charme gibt er jeder seiner Figur eine besondere Note. Denn Fantasy hatte es ihm schon in frühen Jahren angetan. Von Comics beeinflusst, fing er an, seiner eigenen Linie zu folgen. Die Meinungen gehen bei seinen Geschichten weit auseinander, denn nicht jeder kann sich für seine Eigenart zu schreiben, begeistern.